Andrea Stift

Wilfert und der Schatten des Klapotetz

Ein Südsteiermark-Krimi

edition keiper

www.editionkeiper.at

1. Auflage Oktober 2013
literatur nr. 35
Lektorat: Karl Mellacher
Layout und Satz: textzentrum graz
Covergestaltung: Beatrix Lorber
Autorenfoto: Claudia Burr
Druck und Bindung: Theiss GmbH
ISBN 978-3-902901-22-4
Als eBook erhältlich unter 978-3-902901-31-6.

Gedruckt nach der Richtlinie des Österreichischen Umweltzeichens „Druckerzeugnisse", Druckerei Theiss GmbH, Nr. 869

FSC www.fsc.org MIX Papier aus verantwortungsvollen Quellen FSC® C012536

kultur steiermark

GRAZ KULTUR

Andrea Stift

Wilfert und der Schatten des Klapotetz

Ein Südsteiermark-Krimi

Unterstützt wurde ich bei der Arbeit an diesem Buch von »Saubermacher« Hans Roth, dem bmukk und dem Theodor-Körner-Fonds – vielen Dank.

Weiterer Dank gebührt Stefan, für seine immer große Liebe.
Meinem Verlag, weil ich mich dort so wohl fühle.
Der Südsteiermark. Thank you for raising me.

Wilfert bleibt auf

Es war 23.45 Uhr, als Wilfert aus dem Klo kam und beschloss, doch nicht schlafen zu gehen. Er war einfach nicht müde. Fang zu schreiben an, Wilfert, fang zu schreiben an. Dir wird schon etwas einfallen.

Wilfert klappte sein MacBook auf, das er sich gekauft hatte, als die Zeiten noch besser gewesen waren, und rauchte sich eine rote Gauloises an. Hätte er Alkohol zu Hause gehabt, hätte er sich etwas eingeschenkt. So trank er Wasser und rauchte, geräuschvoll ausatmend, vor sich hin. Manchmal fühlte sich Wilfert wie ein abgehalfterter Privatdetektiv. Das bist du auch, Wilfert, das bist du auch. Ein Detektiv auf der Suche nach einer Idee. Nach dem fremdgegangenen Genie. Wilfert, Wilfert. Er schüttelte den Kopf.

Wilfert führte gerne Selbstgespräche. Außerdem musste er sich nicht mehr wie ein Privatdetektiv fühlen, er war jetzt ja einer. Dauernd vergaß er das. Vermutlich, weil er noch keinen einzigen Fall gehabt hatte.

Er genoss die Zigarette. Solange sie einem das Rauchen im eigenen Haus noch nicht verboten! Darüber könnte er schreiben. Wenn er schon keine Idee für ein neues Buch hatte, konnte er doch wenigstens eine Kolumne für die Zeitung beginnen. Wilfert schrieb ab und zu für eine Tageszeitung, die er eigentlich nicht mochte. Ihre Blattlinie war ihm zu brav. Mit seinen Beiträgen versuchte er, ein wenig dagegen zu halten. »Gedanken eines Schriftstellers« hieß die Kolumne. Sie war lächerlich, aber sie wurde halbwegs gut bezahlt.

Wilfert hatte selten Geld.

Statt ein neues Textdokument zu öffnen, klickte Wilfert auf das Browser-Icon und begann, ein wenig herumzusurfen. Die zwei, drei Seiten, die er immer besuchte (Cracked, Spiegel Online, Real Detectives). Dann die paar Seiten der wenigen Freunde, die er hatte. Eigentlich, dachte Wilfert, waren das alles miteinander keine Freunde, sondern eher Bekannte. Sie waren ihm nach der Scheidung geblieben, weil der Kontakt zu ihnen eben nicht so eng war, dass sie sich auf eine Seite des ehemals glücklichen Pärchens hätten schlagen müssen. Auf den Seiten und Blogs der Eigentlich-eher-Bekannten schaute Wilfert ja auch bloß, ob irgendetwas passiert war, was ihn vielleicht freuen würde.

Alle hatten sie Erfolge kundzutun: Der eine hatte seinen Doktor gemacht (nach 25 Jahren!), der andere eine alte Villa gekauft (weiß der Himmel, wie er sich das leisten konnte). Kein einziger hatte Trennung, Arbeitslosigkeit oder Krankheit zu vermelden. Irgendetwas, damit Wilfert sich besser fühlen würde. Wilfert, Wilfert, dabei bist du doch gar kein Arschloch. Bloß so verdammt unglücklich. Er surfte weiter.

Wilfert hatte einfach keine Idee. Das war sein Problem. Ein großes Problem, fast so groß wie das, dass er kein Wirtshaus fand. Kein Beisl, keine Winden, kein Kaffeehaus: Dort, wo Wilfert seinen neuen Lebensmittelpunkt hatte, gab es rein gar nichts. Regelmäßig setzte sich Wilfert auf das Fahrrad, das ihm Ilonka hinterlassen hatte, und radelte durch die Straßen. Immer auf der Suche nach einem Wirten. Er konnte keinen finden. Wilfert, oh Wilfert, du bist in einer Region der Abstinenz gelandet. Kein Wunder, dass du jeden Tag betrunken bist: Das natürliche Regulativ eines dir zu später Stunde das letzte Bier verwehrenden

Wirten wird dir vorenthalten. Zu Hause gibt es halt immer etwas zu trinken.

Wilfert schüttelte wieder den Kopf und starrte auf den Bildschirm. Er fühlte das Nahen der Prokrastination. Vor ein paar Jahren hatte noch kein Schwein was mit diesem Begriff anfangen können. Jetzt prokrastinierte die halbe Welt und weigerte sich, in naher Zukunft irgendetwas zu erledigen. Die andere Hälfte schrieb Ratgeber, wie man mit diesem Aufschiebeverhalten umgehen sollte. Zum Beispiel: Kichererbsen in die linke Hosentasche stecken. Und immer, wenn man etwas erledigt hat, wandert eine Kichererbse von der linken in die rechte Hosentasche. Das bestärkt das schöne und wichtige Gefühl, etwas erledigt zu haben. Wilfert hatte gerade keine Kichererbsen bei der Hand und Antiprokrastinationsratgeber konnte er auch keinen schreiben, weil er keine Ratschläge hatte (außer den mit den Kichererbsen).

Wilfert öffnete das Suchfenster seiner Suchmaschine, die nicht Google war. Er war sehr stolz darauf, dass er zu den wenigen gehörte, die bewusst *nicht* Google verwendeten. Das Problem war, seine privatsphärenschonende, diskrete, IP-Adresse-nicht-speichernde Suchmaschine fand die Hälfte dessen nicht, was Google fand. Wilfert wusste nicht einmal genau, was eine IP-Adresse war. Er vermutete, so etwas Ähnliches wie eine Postanschrift, bloß halt im Internet.

Wilferts richtige Postanschrift war Oberwiesenfeld 34. Oberwiesenfeld war Bestandteil einer größeren Wiener Siedlung. In dieser Siedlung gab es ein Oberwiesenfeld, ein Unterwiesenfeld und ein Großwiesenfeld. Die Hälfte der Briefe, die Wilfert erhielt, kam zehn Tage zu spät an, und auch nur, wenn sie bei einem der Nachbarn gelandet waren, die das

Problem kannten und selbst wiederum froh waren, wenn verirrte Post früher oder später bei ihnen abgegeben wurde.

Nun hatte Wilfert zwar nur eine vage Vorstellung vom Wesen der IP-Adresse, war aber trotzdem stolz darauf, sich mit einem bösen Multi (Google) anzulegen. Es war so etwas Davidhaftes, ein kleiner Wesenszug, der ihn ein bisschen befriedigte. Kieselsteine auf Goliath.

Bei dieser Hitze stand die Luft in der Siedlung. Wilfert duschte, legte sich hin, döste ein bisschen, schreckte hoch und ging wieder duschen. Wilfert wartete, bis der Abend kam und mit ihm vielleicht ein Plan.

Laut und kräftig hämmerte es an Wilferts Stirnwand. Wilfert entschloss sich, sofort Kopfschmerzen zu bekommen, wurde dann aber doch munter und staunte über die Helligkeit, die sich durch die Jalousien drängte. War er schon wieder eingeschlafen? Er war jedenfalls soeben aufgewacht. Als er sich endlich orientiert hatte (es war bereits der nächste Morgen, Wilfert lag auf einem zerknitterten Taschenbuch; er selbst *in voller Montur,* wie seine Mutter zu sagen pflegte, also vollständig angekleidet), drängte sich auch das Hämmern wieder in den Vordergrund. Jemand klopfte energiegeladen an seine Haustür. Wilfert, der Mutige, öffnete seine Haustür stets ohne Blick durch das Guckloch. Eine Sicherheitskette vorzuschieben, kam ihm schon gar nicht in den Sinn. Es gab auch keine, doch hätte es eine gegeben, hätte Wilfert sie um nichts in der Welt benutzt. Die Frau auf der anderen Seite der Trennwand Tür sah belustigt aus.

»Habe ich Sie geweckt? Ihre Klingel funktioniert nicht. Ich wusste nicht, ob Sie mich vielleicht einfach bloß nicht hören.«

»Wie spät ist es?« Wilfert kratzte sich seinen zerschlafenen Bart zurecht.

»Fast halb neun.«

»Aha.« Wilfert war nicht begeistert. Halb neun war sehr früh, fand er, und um nichts in der Welt half das hinzugefügte »Fast« seine Laune zu verbessern. Das »Fast«, besagter Tonfall und der Blick der Frau dienten nur dazu, die Relationen klarzustellen. Wilfert brauchte kein »Fast«. Halb neun war früh und damit Punkt.

Aber die Frau. Wilfert, da steht eine Frau vor deiner Tür. Sie sieht gut aus. Tu was!

Die Frau räusperte sich ganz sanft. Sie schien sich ebenfalls zu denken, dass Wilfert was tun sollte.

»Kann ich Ihnen… Ich meine, wie kann ich Ihnen denn helfen?«

»Darf ich reinkommen?«

Wilfert nickte, öffnete die Tür etwas weiter und murmelte die üblichen »Es-ist-leider-nicht-aufgeräumt«-Beschwörungsformeln.

Die Frau sah sich neugierig um (»Soll ich meine Schuhe ausziehen?« – »Nein, nein!«) und ging einfach aufs Geratewohl los. Sie ging in die richtige Richtung. Dort, wo sie hinging, war die Küche. Wilfert war die Küche der liebste Raum, um sich mit Fremden zu unterhalten. Wilfert, Wilfert. Da ist ein heißer Feger in deiner Küche, und du hast ihn dir noch nicht einmal gebührend angeschaut. Der heiße Feger setzte sich auf Wilferts Lieblingsplatz. Der war auf der Eckbank neben dem Fenster, sodass man in den Garten schauen konnte, und auch in den Raum.

»Würden Sie mir einen Kaffee anbieten?«

Wilfert war sprachlos, machte sich aber an die Arbeit. Die Frau saß auf seinem Lieblingsplatz und ließ sich nebenbei von ihm betrachten. Sie tat dabei so, als würde sie es nicht bemerken. Wilfert kramte die alte, metallene Espressomaschine seiner Mutter aus dem Geschirrspüler, wusch sie eingehend (den Geschirrspüler einzuschalten, hatte er sich bereits seit Tagen vorgenommen) und begann, Espresso zuzubereiten. Ab und zu warf er einen Blick über seine Schulter. Die Frau saß einfach nur da und sah aus dem Fenster.

»Ich heiße Annegret«, sagte sie unvermittelt, ohne ihren Blick vom anscheinend sehr interessanten Ausblick abzuwenden.

»Annegret«, murmelte Wilfert, »schöner Name. Ich heiße Wilfert.«

»Ich weiß.«

Annegret hatte die Beine unter dem Sessel verschlungen, so, als wollte sie sie dort verstecken. Was Wilfert mit seinem detektivischen Blick sofort erkannte, war: Dass es komisch war, einen ganz kurzen Rock anzuhaben und hohe Schuhe, die in der Sonne glänzten, und alles zusammen dann unterm Sessel zu verstecken, statt zum Beispiel anhand übereinandergeschlagener Beine provokant zur Schau zu stellen. Wilfert, schlauer Hase! Vielleicht hat sie einen riesengroßen Minderwertigkeitskomplex? Schau ganz genau hin. Du kriegst es schon noch raus.

Annegret hatte außerdem auch noch einen engen, schwarzen Pullover an. Zum roten Rock sah das in Wilferts verschlafenen Augen allerliebst aus. Der Pullover war etwas zerdrückt, vielleicht war er auch selbst gestrickt, so genau konnte man das der Farbe wegen (schwarz) nicht erkennen. Zum schwarzen Oberteil trug Annegret offenes, fast blondes Haar. Aschblond, fiel Wilfert ein, diese Farbe nennt man aschblond. Sicher echt. Nicht gefärbt. Sagte Wilferts Spürsinn. Annegrets Nase war, von der Seite her betrachtet, ein wenig krumm, aber das war auch schon der einzige Makel. Und wie Wilfert, der alte Frauenkenner, wusste, waren kleine Makel Indizien wahrer Schönheit.

Der Kaffee brodelte sich den engen Weg durch das Metall nach oben. Wilfert stellte die Kanne auf den Tisch. »Ich trinke ihn schwarz«, sagte Annegret umgehend. »Ich auch«, antwortete Wilfert und kam sich dämlich vor. Der Kaffee war viel zu heiß, um ihn gleich zu trinken, deswegen, so schien es zumindest Wilfert, blieb Annegret gar nichts anderes über, als loszuerzählen. Wilfert lächelte sie aufmunternd an, als sie mit zwei Alsos begann: »Also. Also.« Irgendwie wirkte sie jetzt nicht mehr so selbstsicher wie noch vor ein paar Minuten an der Tür. »Ich glaube, jemand gibt sich als mein Mann aus, um mit mir schlafen zu können.«

»Hä?«, sagte Wilfert.

Was Unaussprechliches

Zwei Wochen zuvor war Wilfert vor seinem MacBook gesessen und hatte sich langsam, aber stetig angetrunken. Der Tag war heiß und deprimierend gewesen. Die Zeitung hatte das Honorar so zusammengekürzt, dass es sich für Wilfert kaum noch auszahlte, eine Kolumne zu schreiben. Der Krimi, an dem er seit eineinhalb Jahren schrieb, hatte sich end- und rettlos in inkohärenten Handlungsbögen verlaufen und schlussendlich erhängt. Wilfert zweifelte wieder einmal stark daran, als Schriftsteller so etwas wie Geld verdienen zu können. Also hatte er begonnen, ein paar Bier zu trinken.

Jetzt surfte er herum, auf der Suche nach, ach, er wusste ja nicht, wonach er suchte. Bis er auf eine Anzeige stieß. In einem Onlineforum zum Thema »Krimis schreiben«. Eigentlich hatte er nur seinen Account dort löschen wollen. Stattdessen blieb Wilferts Blick an besagter Anzeige hängen: »Akademie für Privatdetektive: Ausbildung, Weiterbildung, Grundkurse«. Wilfert klickte drauf.

Eine halbe Stunde später hatte Wilfert sich (nach eingehendem Studium der Voraussetzungen) dazu entschlossen, Detektiv zu werden. Die Ausbildung (Privatdetektiv, Personenschutz, Türsteher, besser *doorman*, oder Kaufhausdetektiv) brauchte er nicht, das hatte er gleich erkannt. Himmel, Wilfert, darüber hast du ja geschrieben! Nichts, was du nicht bereits recherchiert hättest! Du weißt Bescheid. Was dir fehlt, ist bloß die Ausrüstung. Und ein Auftrag.

Ein Auftrag musste her, damit Wilfert loslegen konnte, und Wilfert, angetrunken und plötzlich wieder voller Lebensenergie, gab seinerseits sofort eine Anzeige auf. Weil er schon so betrunken war, schrieb er seine richtigen Kontaktdaten hinein. Er dachte gar nicht daran, als nunmehriger Detektiv seine Anonymität zu wahren, nein, er formulierte einen griffigen Text und stellte ihn online. Dann trank er noch ein allerletztes Bier und legte sich ins Bett.

Das hatte er am nächsten Tag selbstverständlich vergessen. Irgendwann war es ihm dann wieder eingefallen. Dann hatte er es ein zweites Mal vergessen.

Bis Annegret vor seiner Tür stand.

»Hä?«, wiederholte Wilfert. Er war kein Fan des langen Schweigens. Wilfert, du gehst den Dingen gerne schnell auf den Grund, nicht? Wie ein scharfes Messer, das durch eine fette Hochzeitstorte gezogen wird. Wie ein *lonesome* Cowboy auf dem Weg zum nächsten Saloongemetzel. Wie…

»Hä?«, wiederholte er, um sich nicht noch weiter in Gedanken zu verlieren.

»Ich glaube«, wiederholte Annegret, »ich glaube, dass sich jemand als mein Mann ausgibt, um mit mir zu schlafen. Mein Mann arbeitet oft länger. Er kommt nach Hause und wir haben Sex. Dann schlafen wir ein. Klingt alles schön und gut. Aber ich leide an Prosopagnosie. Wahrscheinlich wissen Sie nicht, was das ist. Ich erkenne keine Gesichter. Ich kann mir Gesichter nicht merken. Ich reagiere auf alles andere. Verstehen Sie, worauf ich hinauswill? Was ich meine? Ich meine…«

»Moment«, unterbrach Wilfert die stammelnde Annegret. Sie schien den Tränen nahe zu sein. Draußen im Garten hatten sich ein paar Krähen niedergelassen und begonnen, sich an seinen Weintrauben gütlich zu tun. Sie krächzten begeistert, weil kein Wilfert kam, um sie zu verscheuchen. »Scheiße«, dachte Wilfert. Die Trauben waren sein ganzer Stolz. Sie waren außerdem noch lange nicht reif. Die Vögel hatten sie anscheinend für essbar befunden und vergingen sich einträchtig daran. Er unterdrückte den Impuls hinauszulaufen, indem er auf die Frau vor sich fokussierte, von deren Geschichte er kein Wort verstanden hatte.

»Sie leiden an was? Können Sie mir das noch einmal langsam…«

Annegret seufzte.

»Es heißt Prosopagnosie. Gesichtsblindheit. Die Unfähigkeit, sich Gesichter zu merken.«

»Das ist ja furchtbar. Sehen Sie mich überhaupt?«

»Natürlich sehe ich Sie. Bloß kann es sein, dass ich Ihnen schon morgen beim Billa über den Weg laufe und Sie dann nicht wiedererkenne. Die meisten Menschen verstehen das am besten, wenn sie an Asiaten denken. Stellen Sie sich eine ganze Reisegruppe voller Chinesen vor. Und am nächsten Tag, wenn Sie sie wieder treffen, kann es eine ganz andere Reisegruppe sein, oder dieselbe, Sie werden den Unterschied nicht merken. Weil für Sie alle gleich aussehen.«

»Aha!«, machte Wilfert hilflos. Er hatte jetzt zwar den Hauch einer Idee, was Annegret meinte; was das im echten Leben bedeutete, konnte er sich trotzdem nicht vorstellen.

»Ich habe gelernt, damit umzugehen. Es ist nicht so ein großes Problem, wenn man sich auf andere Dinge konzentriert. Ich kenne Mütter in der Selbsthilfegruppe, die ihren Kindern ganz bunte, farbenprächtige Sachen anziehen. Damit sie sie auf dem Spielplatz wiedererkennen.«

»Damit sie das richtige Kind mit nach Hause nehmen, wollen Sie sagen.«

»Ja. Genau.«

Wilfert verstand schön langsam, oder besser, glaubte zu verstehen. Eines aber war ihm trotz allem nicht ganz klar.

»Und wenn Sie mit Ihrem Mann schlafen, ich meine, jeder Körper fühlt sich doch anders an. Die Haut, die Haare, der…«

»Ich kann mir schon denken, was Sie fragen wollen. Sie haben vollkommen recht. Jeder Körper fühlt sich anders an, und da gibt es auch noch andere Erkennungszeichen. Die Sache ist, dass mein Mann und ich uns schon vor längerem auf andere Gleise begeben haben. Im Bett. Sie wissen schon.«

Jetzt verstand Wilfert erst recht wieder nichts. Wilfert, du Schlafmütze, was ist los mit deinem ausgeprägten Scharfsinn? Er kam sich vor wie auf Dormicum. Reiß dich zusammen, Wilfert. Sei ein Mann! Sei ein Detektiv! Rauch dir eine an!

Wilfert kletzelte sich eine Gauloises aus der Packung und griff nach seinem Feuerzeug. Annegret zu fragen, ob es sie störe, wenn er neben ihr qualmte, kam ihm nicht in den Sinn. Das war aber eher mit der Gelassenheit des hier Wohnenden zu erklären als mit Unhöflichkeit. Was meinte sie jetzt bitte mit anderen Gleisen? Er verstand nur Bahnhof. Wilfert schaute Annegret deutlich ratlos an, bis sie erläuterte: »Wir haben begonnen, eine härtere Gangart einzulegen. Ich bin seine, na, Sie wissen schon, ich bin halt seine Untergebene. Im Bett. Im Alltag nicht, da sind wir ein ganz normales Paar. Aber im Bett…«

»Sie sind gefesselt?«

»Sagen wir: Ich bin verhüllt. Ich berühre ihn nicht von mir aus. Er berührt mich. Wenn ich ihm zu nahe komme, dann weniger mit den Händen als mit anderen Körperteilen… Mund und so.«

Jetzt war es ihr doch wieder unangenehm. Aber Wilfert war das jetzt egal. Er musste ja schließlich alles wissen, wenn er ihr helfen sollte.

»Und weil Sie ihm nicht richtig nahe kommen, können Sie nicht herausfinden, ob Ihr Mann wirklich Ihr Mann ist.«

»Ja.«

»Hm.«

Wilfert hätte eigentlich auch noch gerne gefragt, ob sie das denn nicht irgendwie am Gemächt erkennen würde, aber das traute er sich nun doch nicht. Vielleicht beinhaltete die Gesichtsblindheit auch so etwas wie eine Gemächtsblindheit.

Schweigen im Walde, in der Küche und vor dem Fenster. Die Scheißkrähen hatten alle seine Trauben gefressen, Wilfert war sich da ganz sicher. Annegret schaute auf ihre Kaffeetasse und nahm dann entschlossen einen Schluck. Er schien nicht mehr so heiß zu sein. Wilfert dämpfte seine Gauloises aus und stellte seine letzte, abschließende Frage. Wie ein Pfeil in eine zu erlegende Gazelle würde diese Frage vordringen in den Kern der Sache.

»Und wie kommen Sie drauf, dass das nicht Ihr Mann sein sollte, der Sie da an den Kühlschrank fesselt?«

Sie war nicht beleidigt. Sie lächelte sogar ein wenig. Und sagte: »Er meint, dass wir so wenig Sex hätten in letzter Zeit. Das stimmt jedoch nicht. Aber das allein ist es gar nicht. Er riecht anders.«

Das ist natürlich echt der Hammer, Wilfert. Du hast einen Job. Du hast einen Ruf. Du hast einen Ruf zu verlieren! Irgendwer hat deine Gebete erhört. Endlich musst du nicht mehr, nach einer Idee suchend, in deiner Schreibblockade verharren. Alles wird gut.

Annegret war gegangen und Wilfert hüpfte voller Freude in seinem Garten umher. Mal schaute er nach seinen Paradeisern, mal nach den an einer Hand abzählbaren, übrig gebliebenen Weintrauben. Die Nüsse waren noch grün und der Ahorn schon gelb, aber Wilfert achtete in Wahrheit auf gar nichts. Er war glücklich. Er rauchte sich den Kopf schwummerig. Gleich würde er zum Supermarkt fahren und sich ein paar Zur-Feier-des-Tages-Biere besorgen. Oder gar Champagner? Die ganze Welt stand Wilfert plötzlich offen, denn: Er hatte seinen ersten Fall.

Wilfert hatte sich schon immer gewünscht, mal einen auf Privatdetektiv zu machen. Nicht erst, seitdem er erkannt hatte, dass die Schriftstellerei nichts für ihn war.

Schon als Kind war es Wilferts liebstes Hobby gewesen, Fälle zu lösen. Jedes Versteckspiel hatte er so verkompliziert und verrätselt, dass die Kinder aus der Nachbarschaft ihn nach einigen eher frustrierenden Zusammenkünften zu meiden begannen. Sie wollten einfach nur verstecken spielen und keinen Orientierungslauf absolvieren. Später hatte er seiner Leidenschaft mit exzessivem Lesen von Detektivkrimis gefrönt. Nächtelang hatte er gelesen, und wenn er nicht gelesen hatte, war er vor dem Fernseher gesessen und hatte sich jeden, aber auch wirklich jeden Krimi reingezogen. (Das war im Übrigen einer der Gründe, wieso seine Ilonka eine Ex-Ilonka war – sie hatte darauf Wert gelegt, wenigstens zweimal die Woche gemeinsam mit dem Mann, der mit ihr die Wohnung teilte, einzuschlafen.)

Wilfert, Wilfert. Sämtliches Wissen hast du dir auf diese Weise angeeignet. Dein liebstes Hobby wird nun deine Profession. Und du weißt wirklich schon alles. Es gibt nichts, was du nicht schon im Fernsehen gesehen hast. Die trickreicheren Dinge hast du dir angelesen. Und für alles, was man nicht findet, gibt es immer noch das Internet. Wilfert, du bist unschlagbar, Wilfert, dein Wissen ist grenzenlos.

Vom Glück überwältigt, beschloss Wilfert, seine neue Berufung mit einem letzten Abend der Unvernunft zu beginnen, setzte sich aufs Fahrrad und suchte den nächstgelegenen Billa heim. Kein Bier, kein Champagner, nein, er kam mit Whisky nach Hause (so wie es sich gehört, dachte er bei sich), eigentlich vor Freude schon trunken und im sicheren Wissen, dass der Fall quasi gelöst sei. Trotzdem wollte er den morgigen Tag so beginnen lassen, wie es sich für einen echten Privatdetektiv gehört. Ein echter Privatdetektiv sitzt nämlich am nächsten Morgen verkatert in seinem abgedunkelten Büro.

Als Wilfert beim Billa vorm Spirituosenregal stand, grüßte ihn jemand. Gott sei Dank leide ich nicht an Prosodingsbums, dachte Wilfert gut gelaunt, sonst wäre ich gezwungen, denjenigen welchen jetzt an seiner Stimme zu erkennen. Das wäre nicht gerade einfach, denn derjenige hatte eine ganz leise Stimme. Wilfert grüßte zurück. Es war sein Nachbar. Der stand nicht weit weg von Wilfert beim Bier. Des Nachbarn Name war Herr Flieg. Seinen Vornamen wusste Wilfert nicht. (Obwohl es ihm selbstverständlich ein Leichtes gewesen wäre, den herauszufinden!)

Herr Flieg wohnte im Haus neben Wilfert. Er hatte schon dort gewohnt, als Wilferts Mama noch gelebt hatte. Sie hatte nie ein schlechtes Wort über ihn gesagt, aber ein bisschen unheimlich war er ihr immer gewesen. Hatte sie zumindest behauptet. *Nie hat der Besuch, der Herr Flieg, immer redet er nur mit seinen Vögeln*. Herr Flieg hatte nämlich, und das war sehr ungewöhnlich für die Siedlung, in der sie lebten, eine kleine Vogelzucht zu Hause. Im Garten, gleich neben der Eingangstür, hatte er eine riesige Voliere und im Dachgeschoß pflegte er seine Brieftauben.

Normalerweise war es in der Siedlung nicht beziehungsweise nur unter speziellen Auflagen erlaubt, Haustiere zu halten. Aber weil Herrn Fliegs Vögel keine Kinder verschreckten und zwischen 22 Uhr abends und 6 Uhr früh niemals auch nur eine Note piepsten, gab es keine Beschwerden vom Siedlungsverein. Wo kein Kläger, da kein Richter. Mittlerweile hatten Herrn Fliegs Vögel wahrscheinlich schon einen Aufenthaltstitel aufgrund des Gewohnheitsrechts.

»Wie geht es Ihren Witwen?«, fragte Wilfert launig.

Herr Flieg hatte ihm irgendwann einmal über den Gartenzaun erklärt, welche Vogelarten in seiner Voliere lebten. Es waren sehr komplizierte Namen dabei gewesen und Wilfert hatte sich nur die Witwen gemerkt. Und selbst die hießen nicht Witwen, sondern Dominikanerwitwen.

»Danke. Sie tragen gerade ihr Prachtkleid. Wunderschöne, lange Schwanzfedern haben die Männchen. Vielleicht wollen Sie sie einmal besuchen?«

»Gerne. Bei Gelegenheit.«

Wilfert wusste natürlich, dass die Einladung eines zurückgezogen lebenden Menschen, wie es Herr Flieg einer war, nicht ernst genommen werden konnte. Nie im Leben wäre es ihm eingefallen, tatsächlich an seiner Haustüre zu läuten. Aber Höflichkeit ist eine Zier, und der Frömmste kann nicht friedlich bleiben, wenn es dem bösen Nachbarn nicht gefällt, oder so ähnlich. Wilfert war es unheimlich wichtig, mit allen seinen Nachbarn gut auszukommen. Wilfert, Wilfert. Wenn dir nur andere Prinzipien auch so wichtig wären. Jetzt aber. Whisky und Tschick und ab nach Hause.

Guten Morgen, dachte Wilfert, ist ja gar nicht so schlimm. Dann setzte er sich ein wenig zu flott auf und überdachte seine geistige Anmerkung noch einmal. Sein Kopf dröhnte, es hämmerte in und an seinen Schläfen, und als er versuchte, diesem Hämmern mit beiden Händen Einhalt zu gebieten, fühlte sich sein Gesicht so aufgeplustert an wie ein Kanarienvogel im Federstau. Wilfert, oh Wilfert: Natürlich hast du vergessen, deine Aspirin herzurichten. Jetzt musst du sie erst suchen.

Die Brille lag natürlich nicht dort, wo sie hätte liegen sollen, nämlich unter dem Bett. Wilfert wackelte zuerst einmal ins Badezimmer. Zu seinem Missvergnügen fand er dort weder Brille noch Aspirin. Das glaubte er zumindest – er sah ja nichts. Am Klo fand er Erstere dann, zum Glück. Gleich neben dem Klopapier. Wilfert, alter Hase, zumindest hast du gestern noch daran gedacht, die Brille abzunehmen. Er war fast stolz auf sich. Sehend würde er bestimmt auch gleich die Aspirin finden.

Sehend wurde sich Wilfert allerdings auch der Uhrzeit gewahr: Es war kurz vor elf. Um zwölf Uhr sollte er Annegret anrufen, falls ihm bis dahin noch offene Fragen eingefallen waren. Oha. Natürlich waren ihm Fragen eingefallen, sehr viele und wirklich sehr offene. Notiert hatte er sich in seinem Freudentaumel nichts davon, und jetzt waren sie wieder aus seinem Gehirn verschwunden. Wilfert, sonst die Gelassenheit in Person (er hatte diesen Kater ja gewollt, er hatte ihn sich bloß ein bisschen cooler vorgestellt), fluchte jetzt doch leise vor sich hin. Dann gedachte er des Filmes *Was ist mit Bob*, in dem ein Psychotherapeut seinem devastierten Patienten zu Babyschritten rät – immer eines nach dem anderen. Erst brauchte er einmal einen Kaffee, heiß und sehr schwarz. Babyschritte.

Er betrachtete sich kurz im Spiegel. Der Spiegel war ein Provisorium, das die Zeiten überdauert hatte. Er stand auf der Waschmaschine, und es war nur eine Frage des Zufalls, bis ihn ein heftigerer Schleudergang seinem Schicksal zuführte. Wilfert nahm sich bei jedem Klogang vor, ihn umzuhängen. Jedes Mal blieb der Spiegel dort, wo er war, und beschlug vor sich hin. Mit einem Stückchen angespuckten Klopapiers putzte Wilfert das mittlere Drittel der Spiegelfläche sauber und betrachtete sich unenthusiastisch.

Er sah einen Mann mit dunkelgrauem Haar auf dem Kopf und schwarzem Haar auf der Brust. Er sah eine klitzekleine, wohlgerundete Wampe. Er sah blaugraue Augen und leicht asiatisch anmutende Nasenflügel. Er sah die Brille. Im Großen und Ganzen sah er nichts Besonderes, aber wenigstens hatte er noch keinen Pelz auf dem Rücken. Seufzend schritt Wilfert in die Küche.

Am Küchentisch, mit einer heißen Tasse Höllenbrühe vor sich, war es dann doch schon ein wenig besser. Woran hatte er gestern gedacht? Wilfert begann, sich Notizen zu machen. Er hatte zum Beispiel gedacht:

Dass der Whisky ganz gut war. Nicht so gut wie der, den er einmal von einem Freund aus Irland mitgebracht bekommen hatte, aber ganz gut (annegretspezifisch irrelevant).

Dass Annegret ein heißer Feger war. (Sag, Wilfert, musst du wirklich alles und jedes aufschreiben? Naja, es kann ja nicht schaden. Auf diese Weise kommst du vielleicht dorthin, wo deine Gedanken auch gestern irgendwann noch fruchtbringend gelandet sind.)

Dass er nicht genau wusste, wo Annegret wohnte. Sie hatte ihm zwar ihre Adresse genannt und beschrieben, aber er glaubte nicht, dass er schon mal dort in der Gegend gewesen war. Es war, klar, unheimlich wichtig zu wissen, wo sie wohnte!

Dass er nicht wirklich verstand, warum sie solche Angst hatte, ihrem Mann die ganze Geschichte zu erzählen. Wilfert konnte sich zwar einige Gründe ausmalen (zum Beispiel die Peinlichkeit eines solchen Gesprächs), aber es konnte auch gut sein, dass sie einen ganz anderen Grund hatte.

Dass er sein Equipment entstauben musste. Was für ein Equipment? Ha! Wilfert, das einzige detektivausrüstungsähnliche Teil in deinem Besitz ist eine Uraltkamera vom Hofer!

Dass er sich schon so ein paar Umstände vorstellen konnte, die in Richtung eines Motivs deuteten. Wenn wirklich zutraf, was Annegret vermutete. War der Täter zum Beispiel ein gekränkter Ex-Freund Annegrets? Ein verrückter Spanner, der Lust bekommen hatte, auf seine ganz persönliche Art und Weise mitzumachen?

Wilfert runzelte die Stirn. Da, genau da, war doch irgendwo der Angelpunkt begraben. Oder die Angelpunkte. Zwei konnte er benennen: War es möglich, dass Annegrets Mann von diesem Spielchen wusste (immer angenommen, dass da tatsächlich ab und zu jemand kam, der sich an Annegret verging)? Und wenn nicht: Woher wusste der Täter, wann Annegret allein und, Wilfert fiel gerade kein besseres Wort ein, bereit war? Da war noch mehr. Irgendein Gedankenkettenspiel, das ihm nicht und nicht einfallen wollte. Wilfert rieb sich die Stirn. Er hatte noch ein paar Minuten, bevor er Annegret anrufen musste. Die Kopfschmerztablette hatte ein wenig gewirkt, aber heute war *ein wenig* definitiv zu wenig. Wilfert, oh Wilfert. Ob das so gescheit von dir war, deinen Erfolg mit Whisky zu begießen?

Wilfert stand auf, zog seine Bermuda hoch und ging noch einen Kaffee, noch ein Wasser und noch eine Aspirin holen. Dann nahm der Tag plötzlich einen ganz anderen Verlauf. Es klingelte nämlich an der Haustür. Zweimal lang, einmal kurz. Wilfert kannte dieses Klingelzeichen verdammt gut. Schon klopfte sein Herz schneller. Er stellte den Kaffee wieder hin und fluchte erneut. Aber überhaupt nicht mehr leise.

Vor der Haustür stand Ilonka. Mit den Zwillingen.

Wilfert, du – gelinde gesagt – Volltrottel: Du hast auf deine Brut vergessen! Jetzt steht deine Exfrau mit den Kindern vor der Tür. Die sieht natürlich gleich, was mit dir los ist. Deswegen hat sie sich ja auch von dir getrennt.

»Hast du auf uns vergessen?«

Natürlich musste sie das Offensichtliche fragen. Ein bisschen in der Wunde bohren. Die Zwillinge quäkten. In drei Minuten sollte Wilfert Annegret anrufen.

Wilfert fasste sich. Er war jetzt jemand, der solche Dinge unter Kontrolle zu bekommen hatte. Er blieb Privatdetektiv, selbst wenn zwei Dreijährige ihm die Bude unsicher machten. Das waren schließlich seine Söhne.

Süß waren sie obendrein, die Zwillinge. Zu Wilferts Bedauern waren sie nicht eineiig auf die Welt gekommen. Mittlerweile waren sie ziemlich gerissen und Wilfert ganz dankbar, dass er sie unterscheiden konnte. Das muss wie Prosopagnosie im Kleinen sein, dachte Wilfert, eineiige Zwillinge zu haben.

Außerdem waren seine sogenannten Söhne in Wahrheit ein Bub und ein Mädchen. Marin, der kleinere, war als erster auf die Welt gekommen. In diesen Sekunden, die zu Ewigkeiten werden, während einer Geburt, dachte Wilfert, dass auch das zweite Kind wie selbstverständlich ein Junge sein würde. Er dachte es ganz lange. Er war so geschockt vom Blut und vom Kindspech, von der Operation, der Käseschmiere, den vielen Dingen, von denen er nicht geahnt hatte, dass sie einen bei einer Geburt erwarten, dass er das zweite Baby als männlich in Empfang nahm, ohne es weiter zu betrachten.

Erst am nächsten Tag, als auch Ilonka wieder bei Sinnen war, wurde ihm sein Irrtum klar. Die solcherart geschlechtlich Geschmähte wurde auf den unzweifelhaften Namen Nina getauft. Wilfert liebte sie nicht weniger und nicht mehr als Marin, und eineinhalb Jahre war alles gut gegangen. Er dachte nicht gerne daran, was danach passiert war. Jetzt standen sie jedenfalls hier, hielten sich, einer links, eine rechts, an Ilonkas Händen fest und waren nicht mehr und nicht weniger als verschämt kichernde Dreijährige.

Er musste telefonieren.

So höflich wie möglich bat Wilfert Ilonka herein (nicht ohne daran zu denken, dass sie mit Sicherheit die Sünden seines Vorabends registrieren würde, aber das war ihm jetzt egal) und erklärte ihr, dass er noch ein dringendes Telefonat führen musste, bevor sie ihn mit den Miniatur-Ungeheuern alleine lassen konnte. Ein wirklich sehr dringendes Telefonat, fügte er hinzu, als er sah, dass sich ihre Gesichtszüge verzogen.

»Zehn Minuten«, sagte, nein, bellte sie, »mein Parkschein!«

Der Anruf war kurz. Die allgemeine Unruhe zwang Wilfert, sich auf zwei Dinge zu konzentrieren. Erstens: den versprochenen Anruf überhaupt zu tätigen (erledigt) und zweitens: einen Gegenbesuch zu vereinbaren (erledigt). Der

Gegenbesuch würde morgen um neun stattfinden, gleich nachdem er die Söhne in den Kindergarten gebracht hatte.

Annegret war über seinen Anruf erfreut, vielleicht war sie jetzt auch beleidigt, weil er so kurz angebunden war.

Macht nichts, dachte Wilfert, er würde ihr morgen alles erklären. Oder auch nicht: Zu einem richtig coolen Privatdetektiv gehört, dass er seine Mysterien pflegt. Unnahbar und Dreitagebart. Wilfert fühlte seine Energien zurückkehren.

»Bin schon da. Alles erledigt. Danke.« Offensive Freundlichkeit war eine gute Waffe. Ilonka wusste dann nicht, woran sie war.

»Hast du gesoffen?«, erwiderte sie. Ein Seelchen, seine Ex-Frau.

»Heute? Natürlich nicht.«

»Ich meine nicht heute, du Volldepp, gestern Abend. Hast du doch gesoffen. Sieht man dir an.« Sie kramte sich eine neue Zigarette aus der Packung und rauchte sie an. Das Zündholz blies sie aus und ließ es fallen. In einem anderen Leben wäre sie vielleicht Billy the Kid geworden. Als Nagelpflegerin blieben ihr nicht viele Möglichkeiten, arschig und cool zu sein. Wilfert wartete immer noch auf den Tag, an dem sie sich ihre Zigaretten an den eigenen Fingernägeln anzünden würde.

»Alles okay mit ihnen?«

»Ja sicher. Was glaubst du? Ich fahr jetzt. Schau, dass sie ein bisschen rauskommen! An die Luft.«

Ilonka blies ihm Rauch ins Gesicht, beugte sich dann, verwandelt und voller Liebe, zu den Kleinen und küsste deren Lockenpracht, einmal Nina, einmal Marin: »Morgen, nach dem Kindergarten.«

Ninas Unterlippe schob sich verdächtig nach vor. Hoffentlich macht sie schnell, dachte Wilfert.

Zum Glück war Ilonka keine Frau der langen Abschiede, da machte sie auch bei ihren Kindern keine Ausnahme. Sie winkte ihnen noch einmal und war weg. Zurück blieb nur der Zigarettenrauch. Ich brauche erst mal einen Kaffee, dachte Wilfert. Als er sieben Stunden später völlig erschöpft auf sein Sofa sank, dachte er genau das immer noch.

Der nächste Morgen verlief wie immer. Nina hatte in der Nacht Nasenbluten gehabt und es nicht bemerkt. Nun war das Erste, was sie beim Aufwachen sah, ihr blutverschmiertes Kopfpolster, was einen phänomenalen Schreikrampf hervorrief. Marin war nicht munter zu kriegen (nicht einmal durch Ninas Geschrei), und als er dann endlich beim Frühstück saß, wollte er alles: essen, spielen, schlafen, fernsehen – bloß nicht in den Kindergarten gehen.

Die Morgen waren früher nicht anders abgelaufen, der Unterschied war bloß, dass Ilonka in die Arbeit gemusst hatte und die Kleinen in die Krabbelstube. Wilfert war immer mit aufgestanden, hatte beim Frühstück geholfen, hatte die Söhne ab und zu in die Krabbelstube gebracht. Ein bisschen stressig war es immer gewesen.

»Du bleibst daheim und die Kinder müssen in die Krabbelstube. Versteh ich nicht.« Ilonka hatte damals noch ihre fixe Anstellung im städtischen Bad gehabt. Vom Geld, das sie nach Hause gebracht hatte, hatte die ganze Familie gelebt und Wilfert war sich dessen bewusst gewesen. Trotzdem hatte er keine Lust gehabt, den Hausmann zu spielen. »Ich arbeite auch«, hatte er immer trotzig geantwortet. »Was arbeitest du?« Es war immer das gleiche Spiel gewesen. »Ich schreibe.«

Daraufhin hatte sich Ilonka meistens eine angeraucht.

Ilonka war schon immer eine Kratzbürste gewesen und Wilfert hatte das einmal an ihr geliebt. Dabei, Wilfert, hast du es doch eigentlich damals schon besser gewusst. Dass ihr zwei nicht wirklich für ein gemeinsames Leben geschaffen seid. Und trotzdem konntest du nicht widerstehen.

Wilfert war wegen seines eingewachsenen Fußnagels zu ihr gegangen.

Wie es dazu gekommen war, wusste er nicht mehr. Er glaubte zu wissen, dass es etwas mit seinem damaligen Leibesumfang zu tun gehabt hatte: Er war zu dick gewesen, um an seine Zehen zu kommen. Also hatte seine Mutter ihm einen Termin bei einer Fußpflegerin ausgemacht, von der sie über eine auskunftsfreudige Nachbarin erfahren hatte. Die Fußpflegerin heiße Ilonka Barbawitsch.

Wilfert war hingegangen. Das Fußpflege-Institut war in Wirklichkeit das Wohnzimmer Ilonkas, im ersten Stock eines Mehrfamilienhauses.

Als Wilfert ankam, saß die versammelte Großfamilie Barbawitsch im Garten vorm Haus und rauchte. Zwischendurch, also während der kurzen Pausen, die vom Ausdämpfen einer Zigarette bis zum Anrauchen der nächsten Zigarette auftraten, wurde Kuchen gegessen oder Bier getrunken. Ilonka hatte einen Bademantel um ihre zarten Körperlichkeiten geschlungen, ihre nassen Haare trieften auf den Kuchen. Wilfert verliebte sich auf der Stelle in sie.

»Zu früh«, rief sie ihm entgegen und deutete auf ihr Handgelenk, als wäre dort eine Uhr und als würde er sonst nicht verstehen, was sie meinte. »Zu früh. Halb drei Termin. Du musst warten.«

Wilfert fand es herrlich, dass sie ihm gleich das Du-Wort antrug. Er setzte sich auf eine Bank neben der Haustür und beobachtete das entstresste Treiben der Großfamilie Barbawitsch. Ilonka rauchte sich seelenruhig noch eine an. Um dreiviertel drei saß Wilfert dann endlich im ersten Stock, bestaunte Ilonkas Wohnzimmereinrichtung und ließ seine Füße weichen. Sie behandelte seine Füße liebevoll, ja, wie er sich später oft dachte, die ganze Ilonkaliebe schien in die Behandlung der Füße ihrer Kundschaft zu entfleuchen. Da blieb nicht viel übrig. Aber das wusste Wilfert da noch nicht. Was er drei Tage später wusste, war, dass Ilonka auch ganz andere Körperteile mit ausgesprochen zärtlicher Professionalität zu behandeln wusste.

Und so war aus Wilfert ein Teil der Großfamilie Barbawitsch geworden.

»Bis bald, meine Süßen!«

Wilfert verabschiedete sich von seinen Söhnen und versuchte, der äußerst feschen Kindergartenpädagogin noch ein bisschen auf den Busen zu linsen. Väter, die in den Kindergarten kamen, waren immer noch eine Seltenheit. Deswegen hatten sie auch sämtliche Freibriefe, was Auf-den-Busen-Linsen anging, ja, man könnte meinen, die Kindergartenpädagoginnen richteten diesen ihren Busen extra auslagig her, weil sie dann eh den ganzen Tag nicht zum Flirten kamen. Die äußerst fesche Kindergartenpädagogin roch außerdem sehr gut. Grad ein bisschen extravagantes Parfum, damit sie nicht nur nach Kindern roch.

Es war neun Uhr. Wilfert würde von seiner Familie erst am Samstag wieder in die Pflicht genommen werden und er fühlte sich nach einem Nachmittag und einer Nacht mit den Kindern, als hätte er den Dachstein bestiegen: erledigt, aber zugleich unschlagbar. Er würde jetzt zu Fuß ins nächste Kaffeehaus gehen und dort weitermachen, wo er gestern Mittag hatte aufhören müssen. Er war bereits drei Häuser weiter, als er die Kindergartenpädagogin hinter sich rennen hörte. Ihre Brüste wippten freundlich beim Laufen. Wilfert konnte nicht umhin, daran Gefallen zu finden.

»Sie haben was vergessen«, schnaufte sie. Für eine Kindergartentante hatte sie eine ziemlich schlechte Kondition, fand Wilfert. »Ihr Handy. Es lag auf der Garderobe. Es ist doch Ihres?«

»Danke!« Wilfert freute sich ehrlich.

»Ich weiß doch, dass Sie erst nächste Woche wieder…«

»Das ist ja lieb. Vielleicht darf ich Sie einmal auf einen Kaffee…?«

Wilfert verstummte. Das war jetzt vermutlich völlig daneben gewesen. Aber ihr Busen! Und ihr Geruch! Sie schien es ihm zum Glück nicht weiter übel zu nehmen.

»Gerne. Am liebsten würde ich gleich. Aber die Kinder.« Sie drehte sich um und beeilte sich zurück in den Kindergarten. »Ein andermal gerne!«

Und da fiel Wilfert plötzlich die große Ungereimtheit auf. Der Busen. Der Geruch. Alles, was Annegret erzählt hatte, war seltsam, aber nachvollziehbar gewesen. Unter bestimmten Umständen war nichts davon unmöglich. Ein glatter Männerkörper konnte sich schnell einmal wie ein anderer glatter Männerkörper anfühlen. Und in der Position, in der sie sich anscheinend oft befand, hatte sie nicht wirklich die Möglichkeit haptischer Kontrollmaßnahmen. Aber, warum, zum Teufel, konnte sie ihren Mann nicht an der Stimme erkennen?

Herr Flieg lebt fast alleine

In seinem Häuschen war Herr Flieg mittlerweile dabei, seinen Rundgang zu beenden. Dreimal täglich ging er durch seinen Garten, beobachtete wilde Vögel, sah nach seinen zahmen Dominikanerwitwen, fütterte die Grauastrilde und die Wellenastrilde und erfreute sich an ihnen. Die Voliere war groß, denn um Dominikanerwitwen zu züchten, benötigte er Astrilde als Wirtsvögel. Die Dominikanerwitwe ist nämlich der Kuckuck unter den afrikanischen Singvögeln. Sie legt ihre Eier nur in fremde Nester. In der Außenvoliere herrschte Friede und Freude, alle schienen sich prächtig zu verstehen. Herr Flieg hoffte auf baldigen Nachwuchs. Auch am Dachboden war alles ruhig. Herr Flieg betrat ihn über eine helle Holztreppe. Der Dachboden war ausgebaut: Er hatte drei Fenster, eine Luke und einen strapazierfähigen Laminatboden. Gerade richtig für einen Taubenschlag. Vor den Fenstern waren große Käfige angebracht. Die konnte man auch von außen über eine Leiter erreichen. Die Käfige waren sozusagen die Terrasse der Tauben.

Die Brieftauben, die waren Herrn Fliegs wirkliches Hobby, sein zweites Leben, sein Ein und Alles, sein Um und Auf. Ohne Brieftauben kein Herr Flieg, ohne Herrn Flieg keine Brieftauben. Zumindest dachte er das gerne. Im Moment lebten zwölf Tauben im Schlag. Früher war Herr Flieg begeisterter Züchter gewesen. Er hatte an allen Wettbewerben teilgenommen und hatte dreimal in zehn Jahren die Miss Vienna gestellt. Auch den Internationalen Alttauben-Wettbewerb hatte seine Favoritin zweimal gewonnen und schien nicht müde zu werden.

Dann kam ein schlechtes Jahr. Den ganzen Sommer lang war das Wetter wechselhaft: Hagel und Gewitter wechselten sich mit extremer Hitze ab. Der Verband wollte mehrere Bewerbe absagen, aber die Mehrheit der Züchter bestand darauf, ihre Tauben trotzdem fliegen zu lassen. Herr Flieg geriet in einen unseligen Strudel des Erfolgszwanges. Seine Miss Vienna kam nicht mehr in den Heimatschlag zurück. Das passierte ab und zu, aber Herrn Flieg war es noch nie passiert.

Nicht nur das Wetter war an solchen Zwischenfällen schuld, oft wurden die Tauben auch Opfer von Greifvögeln. Für Herrn Flieg jedoch war jeder Taubenverlust wie der Verlust eines Angehörigen.

Die Kaltschnäuzigkeit mancher Züchter ihren eigenen Tieren gegenüber machte ihn ganz krank. Auch mit einigen anderen Methoden war er schon länger nicht mehr einverstanden. Zuviel Profitdenken. Er fasste den Entschluss, aus der professionellen Züchterei auszusteigen und seine Tauben nur mehr zu hegen und zu pflegen, wie es ihm und ihnen gefiel. Und für eine von ihnen hatte er eine besondere Aufgabe. Herr Flieg inspizierte seine zwölf Schätzchen, steckte jedem von ihnen ein Stück Taubenkuchen zu und blieb vor seiner Favoritin stehen. Sie war blendend weiß wie ein Schneemann und hatte auch genauso kohlschwarze Augen. Auf ihrem Köpfchen wuchs ein kleiner Schopf, der ihr das Aussehen eines Albino-Wiedehopfs verlieh. Auf dem an ihrem Fuß befestigten Metallring stand ihr offizieller Name: 0777-10-217. Aber für Herrn Flieg war sie Amalie und er liebte sie. Amalie war seine Favoritin und sie war hungrig. Trotzdem bekam sie nur ein klitzekleines Stück Taubenkuchen. Amalie war Herrn Fliegs Königin und morgen, ja morgen, würde sie wieder fliegen.

Zurichtungen zum Detektivsein

Wilfert, Wilfert, wie kannst du nur so unvorbereitet in diese Angelegenheit springen. Damit das alles gut ausgeht, musst du was tun! Professionalisiere dich!

Wilfert fand es ganz unglaublich, was es alles im Internet gab. Als Wilfert noch ein Kind war, pries seine Mutter immer den Mexikoplatz als leuchtendes Beispiel für die Verfügbarkeit aller Waren. Dort, so raunte sie in Wilfert verschrecktes Kinderohr, könne man rund um die Uhr Kalaschnikows, Drogen und Mädchen kaufen. Überhaupt alles, was man so brauche. Wilfert war damals fünf gewesen und hatte nicht wirklich gewusst, warum er sich eines dieser drei Dinge zulegen sollte. Jetzt war er dreiunddreißig und der Mexikoplatz eine halbe Stunde mit dem Fahrrad entfernt. Wilferts bevorzugter Marktplatz war jetzt der bevorzugte Marktplatz aller: das Internet. Nach mehrstündigem, ziellosem Rumsurfen nebst einigen Kaffees und viel zu vielen Zigaretten hatte er schließlich eine ungeheuer provisorische und ebenso lange Liste der Dinge angelegt, von denen er annahm, sie bald zu brauchen. Sie beinhaltete so Dinge wie »ganz kleine Kamera« oder »eine gescheite Sonnenbrille«.

Am Ende des Notizzettels angelangt, rief er Annegret an, um mit ihr über sein Honorar zu sprechen. Sie machte einen großzügigen Eindruck auf ihn. Es klang, als wäre ihr Geld nicht so wichtig.

Auf die Sache mit der Stimme angesprochen, reagierte sie allerdings unwirsch. Sie wollte am Telefon nichts erklären, Wilfert solle am nächsten Morgen vorbeikommen. Das konnte Wilfert nur recht sein: Dann würde er endlich wissen, wo sie wohnte. Sie würde ihn zum Frühstück einladen. Bis morgen solle er sich alle offenen Fragen überlegen. Restfragen, sagte sie, als dürfe er nach diesem Frühstück keine offenen Fragen mehr haben, als solle er jetzt endlich einmal zu arbeiten beginnen.

Wilfert legte sein Handy weg. Der Kaffee brodelte schon in seiner silbernen Metallkanne. Er schaltete den Herd aus, goss das schwarze Gebräu in eine Tasse, setzte sich damit an den Tisch zurück und sinnierte in den Garten hinaus. Dann stand er noch einmal auf, legte sich seine Liste neben das MacBook und begann, diverses Detektivzubehör zu bestellen. Und zwar, ohne seinen Kontostand vorher anzuschauen.

Nach einer hauptsächlich auf Ebay und Amazon verbrachten Nacht fuhr Wilfert am nächsten Morgen zu Annegret. Er fuhr mit dem Rad, obwohl der 92er ihn genauso direkt zu ihr gebracht hätte. Mit dem Rad sieht man die Dinge ganz anders, dachte Wilfert, man sieht sie nämlich viel genauer.

Das Haus, in dem Annegret wohnte, war recht auffällig: groß, alt und in einem haarscharf an der Grenze zum Knalligen vorbeischrammenden Rot bemalt. Eine alte Villa, die sich vielleicht schon jahrzehntelang im Familienbesitz befand. Rundherum ein parkähnlicher Garten, zu Kugeln gestutzte Hecken, Rasen. Eigentlich mehr Wiese als Rasen. Die Haustür war von der Straßenseite her nicht gut einsehbar. Ein bereits angewitterter Holzzaun schützte das ganze Gelände. Einsicht in die Zimmer konnte man höchstens gewinnen, wenn man auf einen der großen, alten Bäume stieg. Wilfert: Du denkst ja bereits ganz detektivisch! Annegret öffnete ihm und Wilfert kam nicht umhin, sie in Gedanken als heißen Feger zu bestätigen. Sie trug eine enge Jeans und ein noch engeres, aber schlicht geschnittenes schwarzes Oberteil.

»Ja bitte?«, fragte sie, »Herr Wilfert?«

»Ja. Ich bins. Guten Morgen.«

Wilfert hatte natürlich schon wieder auf ihr Leiden vergessen. Er wusste nicht einmal mehr, wie es hieß. Proposagonie? So ähnlich jedenfalls.

»Herein. Kommen Sie nur herein. Ich habe leider gerade die Handwerker im Haus.«

»Macht ja nichts.«

»Ich hasse es, die Handwerker im Haus zu haben! Ich bringe Sie ins Wohnzimmer. Lassen Sie die Schuhe ruhig an.«

Durch einen kalten und dunklen Vorraum führte sie Wilfert weiter in einen langen Gang. »Es tut mir leid, es ist hier nicht sehr aufgeräumt. Die Putzfrau kommt erst morgen.«

Aha, Wilfert, alter Hase, sehr viele fremde Menschen scheinen hier ein- und auszugehen. Merk es dir! Registriere alles!

»Ich bringe gleich Kaffee, ich muss nur kurz dem Installateur…«

»Nur keinen Stress.«

Wilfert machte es sich auf der Couch gemütlich, stand aber gleich wieder auf, als Annegret den Raum verließ. Drei Fenster hatte der Raum. Alle führten sie auf die Straße, große Bäume schirmten den Blick jedoch ab. Es roch nach Kaffee, die Küche konnte nicht weit sein. Er würde Annegret bitten, durch das ganze Haus gehen zu dürfen.

Der Parkettboden knarrte unter seinen Schuhen. Das Haus war hübsch renoviert. Dass Annegret Geld haben musste, war Wilfert schon länger klar gewesen. Er hörte ihre Stimme aufgeregt mit einem Handwerker argumentieren. Die Stimme wurde immer höher. Endlich kam sie mit einem Tablett herein.

»Hier ist einmal der Kaffee. Meine Hilfe bringt gleich das Frühstück. Es tut mir sehr leid. Diese Handwerker sind wirklich Trottel. Wenn man sich nicht um alles selbst kümmert…«

Das war nun ein nicht sehr sympathischer Zug an ihr. Wilfert konnte sich vorstellen, dass Frauen wie Annegret der Albtraum jedes Handwerkers waren: reich, rechthaberisch, eingebildet. Und wer war »meine Hilfe«?

Annegrets Hilfe stellte sich als sehr kleine, sehr dicke Person mit einer ebensolchen sehr kleinen und sehr dicken Brille heraus. Sie brachte ein überbordendes Frühstückstablett und lächelte Wilfert freundlich an. Als sie den Raum wieder verlassen hatte, fragte Annegret: «Wissen Sie, warum sie so dick ist, und so klein?«

»Sicherlich. Damit Sie sie leichter erkennen können.«

»Exakt. Schön langsam scheinen Sie zu verstehen.«

»Sicherlich«, sagte Wilfert, »ich hab es im Übrigen sofort verstanden. Nur vorstellen konnte ich es mir nicht gleich.«

»Macht ja nichts.« Annegret seufzte und schenkte sich Kaffee ein. Sie schien abwesend. Wahrscheinlich bei den Rohren des Installateurs.

Dann ergänzte sie aber doch: »Sie heißt Olga.«

»Ist Olga immer hier?« Wilfert biss sich fast auf die Zunge. Natürlich war Olga nicht immer hier, das ging ja gar nicht. Olga schien eine verlässliche Hausangestellte zu sein und sicher würde ihr auffallen, wenn abends fremde Männer durchs Haus schlichen. Es sei denn, sie litt an dem gleichen Leiden wie ihre Chefin. Wilfert griff zu einem Mohnweckerl. Er hatte Hunger. Er musste etwas essen, um klar denken zu können. Annegret trank ihren Kaffee und aß eine Scheibe Vollkornbrot. Klar, dachte Wilfert. Die heißen Feger, das vermittelte ihm seine Lebenserfahrung, waren immer entweder mit guten Genen ausgestattet oder ständig auf Diät. Eigentlich eher immer Letzteres.

»Heute Nacht ist die Heizung ausgefallen«, erklärte sie.

»Aha. Ich meine: Oje.«

»Ich hatte die ganze Nacht lang kalte Füße. Wenn ich kalte Füße habe, kann ich nicht schlafen. Ich bin um halb fünf aufgestanden, um den 24-Stunden-Dienst zu rufen.«

»Verstehe.« Wilfert wusste nicht wirklich, was er darauf sagen sollte. Aber er hoffte, dass noch mehr käme.

»Die haben mich für verrückt erklärt. ›Haben Sie keinen Heizstrahler, Madame?‹ Dabei wollte ich doch nur weiterschlafen. Noch dazu hat mein Mann so geschnarcht. Es war eine schreckliche Nacht.«

»Ihr Mann hat geschnarcht?«

»Ja, mein Mann. Und jetzt wollen Sie sicher wissen, ob ich mir sicher bin.«

»Ja. Wenn es Ihnen nichts ausmacht.«

»Natürlich nicht. Deswegen bin ich ja zu Ihnen gekommen. Beziehungsweise Sie zu mir. Ich nehme an, das war nicht nur wegen des Frühstücks.«

Wilfert, der gerade sein zweites Mohnweckerl verdrückte, lächelte. Annegret lächelte, oh Wunder, zurück. Wilfert, Wilfert, alter Herzensbrecher.

»Ich bin mir ganz sicher, dass mein Mann heute neben mir geschlafen hat. Er hat Schlafapnoen. Ich kenne ihn schon so lange. Ich kann die Sekunden seiner Atempausen mitzählen. Es geht so: Schnarch – fünf Sekunden – ausatmen – Pause. Schnarch – acht Sekunden – zucken – einatmen – Pause.« Sie lachte. »Ich glaube nicht, dass das irgendwer im Schlaf nachmachen kann. Wir haben ja auch miteinander geredet, gestern Abend. Nein, nein, heute ging alles seine geordneten Bahnen.«

»Das freut mich.«

»Mich auch.« Jetzt wirkte sie wieder ein wenig trostlos. »Ich hätte gerne, dass das immer so ist.«

»Und«, Wilfert kaute und schluckte, »was ich am Telefon schon wissen wollte: Erkennen Sie denn Ihren Mann nicht an der Stimme?«

»Natürlich. Es ist ein bisschen komplizierter. Oder eigentlich ist es überhaupt nicht kompliziert. Schauen Sie. Ich erklär es Ihnen.«

Und dann erklärte Annegret dem zunehmend aufgeregten Wilfert, was es mit ihrem Sexleben genau auf sich hatte. Sie hatte schon recht. Eigentlich war es überhaupt nicht kompliziert. Zumindest nicht für ihren Mann.

Als Wilfert danach ziemlich überessen, aber doch um einiges gescheiter von Annegret auch noch rund ums Haus geführt wurde, damit er sich alles anschauen konnte, übersah er zu seinem Pech Entscheidendes. Was ihm auffiel, war, dass die Fenster keine Balken und keine Jalousien hatten. Der einzige Sichtschutz kam von innen, wenn man die schweren Vorhänge vorschob.

Was ihm außerdem auffiel, war, dass die Bäume rund ums Haus sehr nah am Haus standen, aber nicht nah genug, um zum Beispiel mit ihrer Hilfe durch ein Fenster zu steigen, so es offen war. Was ihm auffiel, war, dass das Haus einen Hintereingang hatte, einen weitläufigen Balkon im ersten Stock, keinen Keller, sondern ein schuppenähnliches Nebengebäude und eine wunderschöne Gartenanlage.

Viel ist dir aufgefallen, Wilfert, aber eines nicht: verdammt viel Taubenscheiße.

Herr Flieg, seines Zeichens unbeabsichtigter Produzent von verdammt viel Taubenscheiße, setzte Königin Amalie vorsichtig auf seine Hand. Sie blieb ganz vertraut darauf sitzen. Vielleicht ahnte sie, was sie erwartete. Er stieg mit ihr vom Dachboden und trug sie in den Garten. Dann küsste er sie aufs Häuptchen und sagte leise: »Flieg!«

Und Amalie flog.

Mit den Brieftauben ist es nämlich so. Sie unterscheiden sich nicht wirklich von normalen Tauben, den Tauben am Stephansplatz, den Tauben am Leopoldsbrunnen, den Tauben, die uns den Johann Strauß vollscheißen, und den Tauben, die als einzige Fürsprecherinnen ältere, alleinstehende Damen mit Hut haben. Die gehören alle zusammen zu einer großen, großen Familie. Und sämtliche Tauben, egal, ob es jetzt die verschmähten Stadttauben oder die hochgezüchteten Brieftauben sind, wollen in Wahrheit nur zwei Dinge: schnackseln und essen. Ob sie auch scheißen wollen, sei dahingestellt, aber da kommen sie wohl nicht drum rum. Dafür würden sie aber nicht 600 Kilometer fliegen.

Fürs Schnackseln schon. Wenn man einen Täuberich nämlich von seiner Liebsten trennt, hat er nur eines im Sinn: umgehend zu ihr zurückzukehren. Tauben sind so monogam wie nur was. Wenn man einen fremden Täuberich in den Nachbarkäfig einer Täubin gibt und ihr angestammter Täuberich, sozusagen der Ehetäuberich, sieht den dazuverpflanzten Nebenbuhler, wird er rasend vor Eifersucht.

Das nützen die Brieftaubenzüchter, menschlich wie sie sind, schamlos aus. Den eifersüchtigen Ehetäuberich nehmen sie mit, lassen ihn irgendwo in der Pampa wieder aus und freuen sich, wenn er so schnell wie möglich nach Hause fliegt und nebenbei einen Wettbewerb gewinnt. Eine ziemlich gemeine Methode und eine, mit der Herr Flieg auch über kurz oder lang nicht mehr einverstanden war. Funktionierendes monogames Eheglück zu gefährden, hielt er auf Dauer nicht aus. Nicht mit seinem Beziehungsvorleben!

Es gab ja noch eine andere Methode, Tauben zum Zurückfliegen zu bringen, und die präferierte er. Dabei trennt man einfach Futterstelle und Zuchtplatz und schon fügt sich alles zum Besten. Die Tauben essen sozusagen jeden Abend auswärts. Nobeltauben. Zum Liebemachen fliegen sie dann heim. Das ist auch der Grund, aus dem Amalie immer nur ganz kleine Futterstückchen bekommt. Sie isst auswärts und sie weiß genau, wo. Sie isst im Nussbaum vor Annegrets Haus. So einfach ist das. Dass sie nebenbei noch eine Mikrokamera an ihrem schlanken Taubenbein befestigt hat, das spürt sie schon gar nicht mehr. Das hat Herr Flieg auch wirklich ganz großartig eingefädelt.

Kellermeister

Annegrets Sexleben lief so ab:

Wenn ihr Mann nach Hause kam, und er kam selten nach Hause, denn er arbeitete unter der Woche auf einem Weingut in der Südsteiermark, dann kündigte er sich rechtzeitig an. Spätestens einen Tag vor dem geplanten Zusammentreffen bekam Annegret ein detailliertes E-Mail. In diesem E-Mail standen alle relevanten Informationen, wann er nach Hause kommen würde, was sie zu tragen hatte und was zu erwarten.

Die sexuellen Vorlieben ihres Mannes, beschrieb Annegret, änderten sich selbstverständlich ständig, aber sie änderten sich langsam. Im Moment machte es ihn heiß, nach Hause zu kommen und kein Wort zu sagen. Er liebte es, Annegret bereits auf dem Bett liegen zu sehen, eingeschnürt in einen Overall aus schwarzem Kunststoff, geknebelt und ohne Augenschlitze. Nicht, dass das bei ihrem Leiden irgendetwas ausmachte. Aber Annegrets Mann stand halt nun mal drauf, wenn seine Frau nichts sehen konnte. Es gab nur einen kleinen Schlitz bei der Nase und eine Öffnung beim Mund. Solche Kunststoffgeschichten waren gar nicht ohne, erläuterte Annegret, man musste darauf achtgeben, wie die Haut sich darunter anfühlt, dass man sich nicht überhitzt; der Schweiß, die Luft, alles sehr kompliziert.

»Und Ihnen gefällt das auch, ich meine, Sie machen da auch gerne mit?«, fragte Wilfert und versuchte, so cool zu gucken wie möglich. In Wahrheit, Wilfert, hast du dir gedacht, du hättest schon alles irgendwo einmal gelesen oder gehört, und jetzt merkst du gerade, dass dem nicht so ist. Neugierig bist du auch, klar.

Annegret zuckte mit den Schultern. Sie schien nicht sonderlich begeistert darüber zu sein, noch länger über diese Geschichten sprechen zu müssen. Rohrgehämmere dröhnte durch das Haus. Olga öffnete die Tür und fragte, ob alles in Ordnung sei. Wilfert lächelte sie an. Olga lächelte zurück und verschwand wieder hinter der Tür.

»Ich weiß, was Sie sich denken. Dass ich da nur so mitmache. Aber es gefällt mir schon.«

»Das klingt aber nicht sonderlich enthusiastisch. Mit Verlaub.«

»Es ist nicht so einfach, das zu erklären. Wir sind schon so lange verheiratet.«

»Ja?«

»Und wenn man so lange verheiratet ist, muss man manchmal nach neuen…Wegen suchen. Ich bin ein bisschen hineingerutscht, könnte man sagen. Waren Sie schon einmal verheiratet?«

Das tut eigentlich nichts zur Sache, dachte Wilfert, antwortete aber wahrheitsgemäß mit: »Ja. Aber nicht sehr lange.«

»Ich fühle mich bei meinem Mann wohl. Aber manchmal fühle ich mich, als wüsste er besser als ich, was gut ist für mich.«

»Nun gut.«

Wilfert dachte nach. Das psychologische Drumherum interessierte ihn wirklich wenig. Aber musste ihn nicht alles interessieren? Er kannte das doch aus den Büchern, die er gelesen hatte. Wichtige Informationen versteckten sich oft in Nebensätzen, die einem viele Seiten später mitten in der Nacht einfielen.

»Kommen wir nun noch einmal zu Ihrem Verdacht. Ich verstehe nicht ganz, wieso Sie Ihrem Mann nicht…«

»Ach, kommen Sie! Wieso ich ihm nicht sagen kann, dass ich glaube, ein anderer schläft mit mir? Wie stellen Sie sich das denn vor! Wenn Sie die Situation durchdenken würden, ganz genau, mit Ihrer ganzen Vorstellungskraft, dann müssten Sie doch erkennen, dass das ein Ding der Unmöglichkeit ist.«

»Wegen dem Vertrauen.«

»Wegen dem Vertrauen. Wegen der Intimität. Wegen dem unvorstellbaren Einbruch in unsere Privatsphäre. Wegen ihm. Himmel. Stellen Sie sich doch nur einmal kurz vor, Ihre Frau erzählt Ihnen so etwas. Dass sie Sie nicht erkennt. Im Bett.«

»Exfrau.«

Wilfert fühlte sich unsensibel und überfordert. Auch ein bisschen hilflos. Annegret hatte vollkommen recht.

»Ich würde sie vielleicht auch nicht immer ans Bett… aber egal.«

Annegret verdrehte die Augen: »Unsere sexuellen Vorlieben sind nicht das Thema.«

»Haben Sie einen Verdacht? Gibt es irgendjemanden, der Ihnen vielleicht einmal Avancen gemacht hat? Erfolglos?«

»Sicher. Einige. Aber das ist alles schon ewig her.«

»Das macht ja nichts. Im Gegenteil. Vielleicht könnten Sie mir…«

»Das würde jetzt zu lange dauern. Wenn Sie wollen, wenn Sie glauben, dass Ihnen das weiterhilft, dann schreibe ich Ihnen eine Liste.«

»Kurze Stichworte über das Wann und Wo wären auch sehr hilfreich.«

»Kann ich bis morgen Abend machen.«

»Wo arbeitet eigentlich Ihr Mann? Wenn ich das richtig verstehe, kommt er ja nur sehr selten nach Hause.«

»Er ist Kellermeister. Einer der besten und gefragtesten. Er ist immer unterwegs. Im Moment in der Südsteiermark. Oder Oststeiermark? Ich kenn mich da unten nicht so gut aus. Jedenfalls betreut er dort ein größeres Projekt.«

Wilfert fühlte sich schön langsam aufblühen.

»Hat das was mit dem Geruch zu tun?«

Jetzt schien Annegret zufrieden zu sein. Wilfert hatte einen folgerichtigen Schluss gezogen.

»Genau. Das ist ein ganz eigenartiger Geruch. Uwe riecht nach Keller. Obwohl die heute eh schon so hochtechnisiert sind, die Keller. Den Geruch kriegt er kaum raus. Schwefel. Wein. Frucht. Spritzmittel. Was weiß ich. Ganz eigen.«

»Und der andere Mann…«

»Riecht anders. Ganz anders. Und das ist alles, was ich dazu sagen kann.«

Wilfert nickte. Das war doch schon einmal ein Fortschritt.

»Was ich vorhabe, ist…«, begann er, aber Annegret unterbrach ihn.

»Das will ich gar nicht wissen. Helfen Sie mir, und zwar schnell! Wenn mein Verdacht stimmt, dann will ich wissen, wer uns so etwas antut, und warum.«

»Und dass es aufhört.«

»Und dass es aufhört, natürlich.« Sie nickte, aber irgendetwas in ihrer Stimme ließ Wilfert sich fragen, ob ihr letzter Satz wahr gewesen war.

Herrn Fliegs spektakuläre Vergangenheit

Herr Flieg hatte einmal ein ganz anderes Leben geführt. In seinem ganz anderen Leben hatte er, der Zufall ist groß, ausgerechnet in dem Haus gewohnt, in dem Annegret und Uwe nun weilten. In seinem anderen Leben, lang war es her, hatte Herr Flieg eine Frau Flieg gehabt. Das Haus, in dem Annegret und ihr Mann nun wohnten, war einmal im fliegschen Familienbesitz gewesen. Herr Flieg hatte dort eine sehr glückliche Kindheit verbracht. Seine Jugend war genauso toll gewesen und eigentlich hätte das gesamte fliegsche Leben als ein Exempel für ein gelungenes gelten können.

Bis zu dem Moment, in dem er Frau Flieg in flagranti mit einem arbeitslosen Musiker ertappte. Im fliegschen Ehebett. Das verkraftete Herr Flieg nicht so gut. Er rastete ein bisschen aus und schmiss sämtliche Nerven aber sowas von weg. Er brach dem arbeitslosen Musiker seine besten Musizierfinger und wurde von einem mitleidlosen Richter dazu verdonnert, dessen Verdienstausfall für ungefähr Zeit seines Lebens zu bezahlen. Das kostete Herrn Flieg sein Vertrauen in die Justiz im Allgemeinen und deren Menschlichkeit im Besonderen.

Frau Flieg ließ noch dazu nicht ab von ihrer neuen Liebe (der arbeitslose Musiker hatte zum Glück noch andere Techniken drauf außer einem makellosen Fingerspiel), und Herr Flieg musste auch für sie noch Unterhalt berappen. Auch wenn der Richter da ein bisschen mehr Mitleid zeigte.

Aber das monatliche Zahlen dieser Beträge war eine Schande für sich, fand Herr Flieg. Nicht nur, dass Herr Flieg recht schnell dahinter kam, dass sein Familienbesitz nicht vor Veräußerung gefeit war: Es reichte ein immer seltener werdender Blick auf seinen Kontoauszug, um ihn an sein gebrochenes Herz zu erinnern. Der einzige Weg aus der Misere war der Weg in selbstgewählte Armut. Er verkaufte das Haus und den dazugehörigen Besitz, erwarb stattdessen ein klitzekleines Häuschen, richtete seine Vogelzucht ein und verprasste das restliche Geld mit vollen Händen. Ab sofort lebte er knapp an der Armutsgrenze, aber es ging ihm eindeutig besser damit. Das kleine Häuschen sollte ihm keiner mehr nehmen. Seine Ehre war nach einigen Jahren wieder halbwegs hergestellt, und als Frau Ex-Flieg feststellte, dass kein Geld mehr zu holen war, konnte sie endlich ihren Musiker heiraten. Was aus den beiden geworden war, das wusste Herr Flieg nicht und wollte es auch gar nicht wissen. Er hatte jetzt seine Vögel.

Der Verlust seines Elternhauses wog schwerer. Herr Flieg bemerkte das gar nicht gleich. Er wusste nur: Da war etwas, was ihm fehlte. Und er begann, das Haus seiner schönen Jahre wieder zu besuchen. Es waren anfangs kleine Abstecher bei seinen täglichen Spaziergängen, ein kurzes Vorbeiwandern, ein Anerkennen der eigenen Trauer, ein insgeheimes Winken hinauf in blinde Fenster. Das Haus war ob seiner Schönheit und guten Lage nicht lange leer gestanden. Spuren von Bewohntheit zeigten sich: ein Vorhang hier, ein frischgemähter Rasen da. Aber sonst nicht viel. Kein Kinderspielgerüst im Garten, keine Hundehütte neben der Haustür. Es schien, als ob die neuen Bewohner sehr zurückgezogen leben würden.

Eines schönen Tages im Frühjahr, als Herr Flieg gerade melancholisch sinnierend die Straße entlangschritt, kam eine Frau aus dem Haus. Es war Annegret. Sie war wunderschön, zumindest fand das Herr Flieg. »Grüß Gott«, sagte er, der Schüchterne. Eigentlich hatte er gar nichts sagen wollen. Es war ihm rausgerutscht.

»Guten Tag«, antworte Annegret höflich.

»Entschuldigung. Darf ich Sie etwas fragen?«

Annegret schien nicht gleich zu wissen, ob sie ja oder nein sagen sollte. Sie wusste ja nicht einmal, ob sie diesen Herrn schon mal gesehen hatte. Besser höflich bleiben, dachte sie und nickte. Und Herr Flieg war so überrascht ob seines Mutes, dass er gar nicht mehr wirklich nachdachte. Hinzu kam, dass Annegret wirklich ein heißer Feger war.

»Es ist nämlich so: Ich habe hier früher gewohnt. In diesem Hause.«

Annegret lächelte und nickte immer noch.

»Irgendwie, ich weiß nicht, ob Sie das verstehen. Also, ich würde wahnsinnig gerne…«

»Sie möchten gerne noch einmal hineingehen?«

»Ich würde wahnsinnig gerne noch einmal hineingehen. Es war damals alles so chaotisch. Ich möchte gerne noch einmal aus den Zimmern schauen.«

Daraufhin tat Annegret etwas, das ihr einen treuen Begleiter auf lange Zeit einbringen sollte. Einen Begleiter, von dem sie nicht einmal ahnte, dass er existierte. Annegret war an diesem Tag gut drauf, öffnete Herz und Türen und führte Herrn Flieg durchs Haus.

An diesem Nachmittag hatte Herr Flieg Gelegenheit, endgültig von seiner Vergangenheit Abschied zu nehmen. Er war nämlich eigentlich nicht der Typ dazu, Erinnerungen, sei es guten oder schlechten, allzu lange nachzuhängen. Die guten Erinnerungen vernebelten einem viel zu oft den

Blick auf die Schönheit der Gegenwart, fand er, und bei den schlechten gab es ohnehin keinen Grund, sie wieder und wieder abzurufen. Annegret führte ihn durch das Haus. Sie schien den Grund für Herrn Fliegs Besuch leicht hinzunehmen und ließ sich und ihm Zeit. Das letzte Zimmer, das sie gemeinsam betraten, war das Schlafzimmer. Wo Herr Flieg den musizierenden Liebhaber seiner Frau in voller Aktion vorgefunden hatte. Es war das Zimmer, in dem auch Annegret und Uwe nun schliefen. Die Möbel waren sämtlich neu und trotzdem roch es hier in diesem Zimmer noch so, wie es zu Herrn Fliegs Zeiten gerochen hatte. Vielleicht war es die Art eines Hauses zu atmen, vielleicht lag es auch am Nussbaum, der vor dem weit offenen Fenster stand. Der Nussbaum war so alt und laubig, dass er besonders bei Feuchtigkeit einen markanten, herben Geruch verströmte, der sich bis zu den Kopfpolstern ausdehnen konnte. Herr Flieg trat ans Fenster und verabschiedete sich von alledem. Annegret wartete, als hätte sie an diesem Tag endlos Zeit für den ungebetenen Gast. Herr Flieg war bereits heillos verliebt in sie, verliebt und grenzenlos dankbar.

Er schloss das Fenster, wandte sich um und wollte sich unter Dankesreden verabschieden, doch Annegret hatte den Raum bereits verlassen. Sie rief ihn aus der Küche zu sich und einer Tasse Kaffee, und sie unterhielten sich bis in den späten Abend hinein wie beste Freunde. Was Annegret an diesem Tag auch passiert war, irgendetwas hatte sie sehr weich gemacht. Sie war sonst nicht so, Wilfert oder auch diverse Handwerker wussten das. Herr Flieg und sein Anliegen lenkten sie anscheinend von etwas anderem ab und sie erzählte ihm in dieser Stimmung sogar von ihrer Prosopagnosie. Als Herr Flieg später aus der Haustür trat, hatte er schon einen Entschluss gefasst. Langsam spazierte er nach Hause. Sein Plan bedurfte einiger Vorbereitung. Aber Herr Flieg hatte ja Zeit. Ausreichend Zeit.

Als Wilfert nach Hause kam, fand er einen gelben Zettel im Postkasten. Die Post oder ein Paketzustelldienst war also schon dagewesen und hatte ihm dringend benötigtes Privatdetektiven-Equipment vorbeibringen wollen. Wilfert kontrollierte, zu welchem Postamt er gehen musste. Seit die Post immer mehr und mehr einsparen musste, war es ihm schon öfter passiert, dass er Pakete bei seiner Hauspost gleich ums Eck abholen wollte. Dort waren sie dann meistens nicht. Wilfert hatte auch schon in Stoßzeiten verzweifelt herumtelefonierende Postbeamte erlebt, die schweißtriefend gestanden, selbst nicht zu wissen, wo sich Wilferts Post befand. Seitdem kontrollierte er den Vermerk des Zustellbeamten immer mehrfach. Auch wenn das meistens nichts half.

Das meiste des elektronischen Equipments hatte er über Amazon bestellen können, dubiosere Teile (Spycam 2000, Extended Ears 3245) über kleine amerikanische Versandhäuser. Made in China. Wilfert, du cooler Hund, jetzt fehlen dir nur noch eine abgewetzte Lederjacke und ein Dreitagebart. Dann hast du alles, was du brauchst. Für den heutigen Tag aber war alles getan, was getan werden musste. So dachte Wilfert, rauchte sich die übliche Privatdetektiven-Zigarette an und ging in die Küche.

Er setzte sich an den Tisch und starrte in den Garten. Draußen wurde es bereits dämmrig. Vertrauensselig huschten kleine Schatten (Igel? Katzen?) durch seinen Garten. Wilfert rauchte vor sich hin und beobachtete den Einbruch der Nacht. Ein Kaffee ging dabei drauf, ein Bier und einige Zigaretten, bis ihn endlich das schlechte Gewissen packte.

Annegrets großzügiges Honorar war nicht ganz unschuldig daran. Wilfert, gib es bitte zu: Eigentlich hast du noch gar nichts getan. Wenn das dein Arbeitstempo ist: Mit einem »Opfer« (bei Opfer dachte Wilfert sich die Anführungszeichen tatsächlich hinzu) ein Gespräch zu führen und danach sofort wieder alle Viere von dir zu strecken, damit wirst du es wohl nicht weit bringen. Und so stand Wilfert auf, dehnte seine schwarz behaarte Brust unterm Poloshirt und holte sich erst mal sein MacBook. Gleich geht es los, Wilfert, immer und überall online.

Als erstes wollte er mehr über Annegrets Mann herausfinden. Den Nachnamen wusste er. Annegret und Uwe hatten geheiratet und trugen, dem Schild auf der Haustür nach zu schließen, den gleichen Nachnamen: Becker. Heute durfte es auch einmal die böse Suchmaschine sein. Wilfert googelte, sehr stolz darauf, den Namen auf dem Haustürschild mit Habichtsaugen entdeckt und gecheckt zu haben, obwohl ihn Annegret sicher auch so nicht verheimlicht hätte. Da passierte erst mal nicht viel, was nicht mit Boris oder Ben zu tun gehabt hätte. Folgerichtig googelte Wilfert »Annegret Becker«. Auch da fand er nicht viel, außer einer Pianistin gleichen Namens (beim Gang durch das Haus war ihm kein Klavier aufgefallen) und einer Kapellmeisterin. Wilfert hätte nicht gewusst, woran man eine solche erkennt. Vielleicht an der Uniform? Annegret war sicher keine Kapellmeisterin!

Wilfert fühlte sich wie der Großmeister aller Suchmaschinen. »Uwe Becker Weinbau« gab er ein und traf damit endlich ins Schwarze.

»Uwe Beckers Vorbild: Kym Milne«. Das war ein Interview einer regionalen Tageszeitung. Darin erzählte Becker von einem Australier namens Kym Milne, der als *flying winemaker* weltberühmt geworden war, zumindest in der Welt des Weinbaus. »Kym Milne bereist und berät die ganze Welt in Sachen Wein. So in etwa möchte auch ich arbeiten«, wurde Becker zitiert. Aha, dachte Wilfert. Du, Wilfert, hast ja schon wieder keine Ahnung von der Materie. Lies dich erstmal ein. So blieb Wilfert hängen.

Er verbrachte einige Zeit damit, herauszufinden, was Önologie hieß (nämlich schlicht die Lehre vom Wein) und inwiefern es Unterschiede zwischen dem Berufsbild des Kellermeisters und des Weinküfers gab. Das war schon nicht mehr ganz so einfach, denn Wilfert wusste nicht einmal genau zu sagen, was Barrique bedeutete. Ohne Barrique gab es aber keinen Weinküfer. So hantelte er sich durchs Netz.

Bis er auf Seite vier der Suchergebnisse auf einen Artikel einer scheinbar wirklich kleinen, wirklich unwichtigen Postille einer Bezirkshauptstadt stieß. »Wein hat Top-Qualität«, lautete die nicht sehr aussagekräftige Überschrift. Wilfert las nur weiter, weil Becker anscheinend in diesem Text erwähnt wurde. Als er ihn überflogen hatte, las er ihn noch einmal. Als er ihn noch einmal gelesen hatte, druckte er den Text aus, stand kurz auf, goss frischen, wenn auch definitiv kalten Kaffee in seine Tasse und las den Text ein drittes Mal. Dieses Mal mit einem Textmarker in der Hand. Er fühlte sich aufgeregt, ein bisschen wie in der Schule. Da war etwas dran an diesem Bericht, das die Wilfert-Sensoren zum Klingen brachte. Die Haut hinter seinen Ohren fühlte sich an, als würde dort Gänsehaut entstehen, kontrahierte Haarbalgwurzeln an einer Stelle, an der noch nie Gänsehaut entstanden war. Kalter Kaffee ist das, was ich trinke, sagte sich Wilfert, aber das da, und er unterstrich die Wörter »Glyphosate« und »Herbizid-Einsatz«, das da ist kein kalter Kaffee. Ganz und gar nicht.

Wilfert las: »Wie berichtet, werden in der Steiermark vielerorts Herbizide und Glyphosate unterschiedlicher Hersteller eingesetzt. Aber niemand spritzt gern und freiwillig.«

Die Redakteurin gab sich offensichtlich Mühe, ihre Objektivität herauszustreichen. Wilfert hatte das Gefühl, sie würde gerne Kritik üben, traute sich aber nicht. Als Redakteurin eines anzeigenabhängigen Provinzblattes hatte man es vermutlich auch nicht leicht.

»Alternativen zum Einsatz von Spritzmitteln – wie den Stockroder oder den Einsatz von Mäh- und Mulchgeräten in den Weingärten – sieht der Weinbaudirektor kritisch: ›Es ist nun mal Fakt, dass der Zeitaufwand hier gegenüber dem Herbizid-Einsatz verdoppelt wird. Der steirische Wein ist ein Top-Produkt.‹«

Noch mehr heiße Luft. Zwischendurch immer kleine Winke der Redakteurin. Der Weinbau in der Steiermark sei strengstens kontrolliert, man bemühe sich um eine Novelle des Pflanzenschutz-Gesetzes, bald werde der Laie keine Glyphosate mehr im freien Handel kaufen können, blabla. Die Redakteurin schloss den Text mit: »Was die Marktentwicklung der bei uns eingesetzten Spritzmittel wie Frupica, Melody Combi, Legend Power, Steward, Ridomil Gold Combi... und wie sie alle gleichsam wohlklingend wie latent gefährlich heißen, betrifft, werden wir natürlich am Ball bleiben!«

Deutsch kann sie nicht, dachte Wilfert, aber wenigstens hat sie dem Text zum Schluss noch einen schönen Drall gegeben. Er schob sich die Brille ordentlich auf die Nase, griff zu einer Zigarette, steckte sie sich in den Mund und vergaß aufs Feuer. Was zum Teufel waren »Glyphosate«? Wieso sollten Laien sowas überhaupt kaufen? Was ist ein »Stockroder«? Und warum, Wilfert, Wilfert, interessiert dich dieser Artikel eigentlich so?

Stunden später. Es war früher Abend, als es an Wilferts Haustür klingelte. Er schreckte hoch, sein linkes Bein war taub, irgendwie humpelte er durch die völlig verrauchte Küche zur Haustür. Er fand den Haustorschlüssel nicht gleich und verfluchte wieder einmal die Gegend, in der er lebte. »Ich komme!«, rief er. »Paket«, antwortete es von draußen.

Dabei wirkte Wilferts Nachbarschaft durchaus sicher. Idyllisch. Alte Menschen, Jungfamilien, zu jedem zweiten Haus gehörte ein großer Hund. Diese Umgebung war so friedlich, dass Wilfert früher niemals seine Türen und Fenster verschloss, wenn er schlafen ging oder zum Einkaufen fuhr. Zweimal hatte man bei ihm einbrechen müssen, damit er seine Lektion gelernt hatte. Die Nachbarn mochten ja friedlich sein, aber die Einbrecher waren es nicht.

Die Schlüssel waren, was Wilfert irritierte, im Schlüsselkasten, wo er sie am seltensten fand. Vor der Haustür stand ein ungeduldig aussehender junger Mann mit einem Riesenstöpsel im Ohr. Wilfert konnte kaum hinschauen. Er fand die Mode, sich Plastik ins Ohrläppchen zu stecken, höchst schauerlich. »Grüß Gott«, sagte er. Der junge Mann hielt ihm aber nur das Paket hin, nein, zwei Pakete – er zauberte noch ein kleines aus einer Hosentasche am Hintern – und ein elektronisches Display zum Unterschreiben. »Sie sind ganz schön schwer zu finden«, sagte er in breitestem Wiener Türkolekt.

»Ich weiß. Aber ich kann nichts dafür.«

Ohne sich zu verabschieden, eilte der junge Mann zu seinem Lieferwagen.

»Auf Wiedersehen!«, rief Wilfert demonstrativ hinterher und kam sich sehr rebellisch vor. Dann ging er zurück in die Küche und riss alle Fenster auf. In den letzten drei Stunden hatte er fast eine Dreiviertelpackung Gauloises geraucht, ohne es wirklich zu registrieren. Dafür wusste er jetzt alles über den steirischen Wein, den Weinskandal von 1985, Spritzmittel, Frostschutzmittel, biologischen Weinanbau und Weinbaudirektoren. Zumindest alles, was es im Internet zu finden gab. Auch und vor allem über Uwe Becker wusste er Bescheid.

Schon als Kind hatte es für Wilfert wenig Schöneres gegeben als Post zu bekommen. Der Briefträger auf seinem gelbrostigen Moped war für Wilfert fast besser als das Christkind. Denn das Christkind kam nur einmal im Jahr, der Briefträger hingegen fünfmal in der Woche. Das Blöde war nur: Wilfert, im Alter zwischen sechs und zwölf, bekam, wie alle anderen seines Alters, nicht unbedingt viel Post. Das änderte er selbst, sobald er ganze Sätze schreiben konnte. Er suchte sich Brieffreunde aus Tierschutz- oder Modellbaumagazinen. Er hätte heute nicht mehr zu sagen gewusst, aus welchen Regionen der Deutschsprachigkeit die ihm damals alle geschrieben hatten. Doch, eine kam aus Niederösterreich. Sie hieß Renate. Alle anderen hatte er vergessen.

Dann war da noch Cousine Dorothea, sie wohnte im Nebendorf. Aber weil sie in eine andere Schule ging, sahen sie sich nicht sehr oft. Wilfert und Dorothea zelebrierten eine geheime, unschuldige Liebe per Kuvert. Sie schickten einander selbstgemalte Bilder und ausgeschnittene Herzen.

Die gute Dorothea. Die Aussicht auf einen Brief von ihr hatte sein Herz stets dazu gebracht, wild zu pochen, sobald er das Motorengeräusch des Briefträgermopeds nur geahnt hatte. Heute wusste er nichts mehr von ihr. Ihre Wege hatten sich getrennt, als Wilfert in die Stadt gezogen war. Dorothea wohnte noch immer am Land, hatte vermutlich Kinder, einen Halbtagsjob, einen Mann, einen Hund. Aber, Wilfert, egal. Grad liegen zwei Packerl vor dir. Freu dich!

Und Wilfert freute sich. Das war Privatdetektivpost. Das waren Detektivgimmicks für angehende Privatdetektive. Und morgen würde es noch mehr geben, der gelbe Zettel für die Paketabholung besagte es. Wilfert begann gierig an der Verpackung zu reißen.

Die Lektionen, die Wilfert an diesem Abend noch lernte, waren zwei saure. Erstens: Ein Privatdetektiv ohne Auto ist ein ziemliches Armutschkerl. (*Armutschkerl* hatte seine Mutter immer gesagt, wenn Klein-Wilfert sich mit Pasta Asciutta angepatzt hatte.) Im kleineren der Pakete war ein Kugelschreiber mit integrierter Kamera und Aufnahmefunktion gewesen. Leider war die Gebrauchsanleitung auf Chinesisch, und zwar nur auf Chinesisch. Wilfert legte alles fluchend auf die Seite. Morgen. Im zweiten Packerl war sein neues Handy gewesen – ein Gerät, das alle Stückerln spielte. Es musste allerdings erst angesteckt und aufgeladen werden. Auch das wirst du morgen machen. Schließlich, Wilfert, kannst du ja nicht immer nur theoretisch detektivisieren.

Auf, auf, du musst zu Annegret. Annegret muss beschattet werden. Es ist eh schon viel zu spät. Wilfert sah auf die Uhr (es war tatsächlich viel zu spät) und beschloss, sich nicht groß umzuziehen. Aufs Klo noch und dann los. Er würde diesmal auch nicht mit dem Rad fahren, er würde den 92er nehmen, eine Station früher aussteigen und gemächlich zu Annegrets Haus spazieren. Als Benutzer eines öffentlichen Verkehrsmittels sah man die Welt nämlich ganz anders.

Drei Stunden später stand Wilfert immer noch vor Annegrets Haus. Er hatte sich eine Stelle auf der anderen Seite der Straße gesucht. Die drei Fenster, die er am Vormittag noch aus der Sicht des im Wohnzimmer Sitzenden betrachtet hatte, waren schon seit zwei Stunden dunkel. Überhaupt war alles finster. Wilfert fror furchtbar. Er hatte in seinem schnellen Aufbruch nicht bedacht, dass es schnell kühl werden würde. Und Wilfert lernte die zweite saure Lektion dieser Nacht: Jemanden zu beschatten, drückt ganz schön auf die Blase.

Das hatte er ja nun wirklich nicht bedacht. Es war ja ein altes Problem der Menschheit. Die Klogänge werden ausgespart, vergessen oder marginalisiert. Dabei wäre Hannibal niemals über die Alpen gekommen, hätte er an einem schönen Wintermorgen des Jahres 218 vor Chr. mit Dünnschiss in den Hecken gesessen! Wilfert hingegen hatte schon beim Hinfahren (auch durchgerüttelt von der ungewohnten Busbenutzung) seine Blase gespürt.

Kaum war er beim Flackerschein-Anwesen angelangt, hatte er sich auch schon darangemacht, eine adäquate Stelle für seine Erleichterung zu suchen. Die einzige Möglichkeit war der Straßengraben gegenüber von Annegrets Haus. Die Stelle, an der er eigentlich vorgehabt hatte zu beschatten. Das ging natürlich nicht. Ein Stückchen weiter, an der nächsten Kreuzung, mündete der Straßengraben ins Gebüsch. Alles klar. Wilfert, die Grünphasen stehen dir bei!

Obwohl er dauernd pinkeln musste und dadurch eigentlich in Bewegung blieb, wurde Wilfert kalt und immer kälter. Einfach so rumzustehen und unauffällig auszusehen, war gar nicht so einfach. Trotzdem, das musste Wilfert sich eingestehen, hatte er eigentlich Glück. Es war wirklich sehr ruhig in dieser Gasse. Und Nachbarn in dem Sinn gab es nicht. Auf dem Grundstück rechts war nur ein altes Gartenhäuschen, dort war alles dunkel. Links vom Beckerhaus gab es einen anscheinend der Stadt gehörenden Wirtschafts- oder Lagerraum. MA 46 stand drauf. Auch da war alles ruhig und leer. Wilfert stand dicht an einen Strauch gedrängt, in größtmöglichem Abstand zu den beiden Straßenlaternen. Er war sich sicher, dass man ihn vom Haus aus nicht sehen konnte. Die paar wenigen vorbeifahrenden Autos störten ihn schon gar nicht. Wer nicht damit rechnete, dass Wilfert da stand, wo er stand, der sah ihn nicht. Jetzt musste nur noch etwas passieren.

Wilfert stand, bewegte sich ab und an zum Pinkelbusch, massierte sich seine Fingerspitzen warm und summte leise »Like a Virgin« vor sich hin. Ach Wilfert! Immer picken dir die schönsten Ohrwürmer im Hirn.

Herr Flieg schaute gerade nach seiner Post, Wilfert hatte sich gerade ein paar frische Semmeln von der Tankstelle geholt. So trafen und grüßten sie sich bei Herrn Fliegs Gartentor, an dem Wilfert zwangsläufig vorübergehen musste, um an sein eigenes zu gelangen. Wilfert fühlte sich noch etwas wie ein *grumpy old man* wegen der vergeigten Überwachung am Vorabend, war aber irgendwie auch guter Dinge, weil diese Erfahrungen unbestreitbar zu einem Leben als Privatdetektiv dazugehörten. Herr Flieg war ebenso guter Dinge. Bevor er nach der Post geschaut hatte, hatte er Amalie von ihrer kleinen Mikrokamera befreit, sie in den Schlag zurückgebracht (eigentlich war sie etwas müde alleine hineingestiegen), danach hatte er das Filmmaterial gesichtet. Es war alles in Ordnung. Keine besonderen Vorkommnisse. Annegret hatte allein und ungestört geschlafen. Keine ungewöhnlichen Sexgeschichten.

»Wie gehts den Witwen?« (Wilfert, du alter Launebär!)

»Gut, sehr gut. Haben Sie Lust, uns zu besuchen? Jetzt?«

»Jetzt gleich?« Damit hatte Wilfert nicht gerechnet. »Ich wollte eigentlich gerade…«, und er hielt sein Sackerl mit den Frühstückssemmerln hoch.

»Ach, Sie haben noch gar nichts gefrühstückt. Kommen Sie rein. Ich habe hervorragenden Kaffee zu Hause. Aus Jamaika.«

Wilfert war perplex. Die Worte seiner Mutter fielen ihm wieder ein. *Nie hat der Besuch, der Herr Flieg, immer redet er nur mit seinen Vögeln.* Offensichtlich geschahen noch Zeichen und Wunder. Vielleicht war auch nur etwas ganz Tolles passiert, vielleicht hatte sein Nachbar beim Rubbellosrubbeln gewonnen (aber irgendwie schien ihm Herr Flieg nicht der Rubbellosrubbeltyp zu sein) oder aber eine seiner Vogeldamen hatte ein goldenes Ei gelegt. Das war Wilfert jetzt aber egal, er hatte keinen vernünftigen Grund, die Einladung auf einen Kaffee nicht anzunehmen und öffnete das quietschende Gartentor. Später würde er sich sagen, dass das eine gute Idee gewesen war.

Herr Flieg hätte, hätte man ihn in den folgenden Monaten danach gefragt, was eigentlich zwischen Wilfert und ihm geschehen war, auch nicht aus dem Stand antworten können. Wilfert hätte, um seine Meinung gebeten, vielleicht erst mal gedankenverloren in der Nase gebohrt. Dabei war es eine ganz einfache Geschichte: Die Einladung zum Frühstück war der Beginn einer Freundschaft. Einer seltsamen Freundschaft vielleicht, aber nichtsdestotrotz einer Freundschaft.

Kaum hatte Wilfert Herrn Fliegs (Egons!) Haus und Garten wieder verlassen, stieg Herr Flieg die paar Stufen hinauf zu Amalie. Er redete ihr gut zu und wartete, bis sie auf seine Hand gestiegen war. Hätte man ihn gefragt, was er ihr eigentlich sage, hätte er keine vernünftige Antwort geben können. Aber er wusste, dass heute ein wichtiger, ein großer Tag im Leben Amalies werden würde. Also streichelte er sie, fütterte sie mit Leckereien und Vitaminsnacks und redete ihr gut zu.

Kaum hatte Wilfert sein Häuschen wieder betreten, läutete auch schon das Telefon. Es war Annegret. Wilfert hirschte zum Festnetz und stolperte dabei fast über einen Schmutzwäschehaufen mitten im Vorraum.

»Ich habe Sie gestern sofort entdeckt. Können Sie nicht etwas unauffälliger pinkeln?«

Offensichtlich hatte Annegret schon wieder Handwerker im Haus. Das hörte man an ihrer Stimme.

»Tut mir leid. Ich hatte vergessen…«

»Ist ja auch egal. Wollen Sie mich heute wieder beschatten? Ich bin sehr gespannt.«

Das sagte sie schon in etwas freundlicherem Tonfall. Aber manchmal zählt nur der Inhalt des Gesagten, dachte Wilfert. Da half nur Rückzug in die Souveränität. Betont unterkühlt antwortete er: »Das hatte ich vor.«

»Vielleicht können Sie es heute etwas weniger tollpatschig angehen. Würde mich echt freuen. Ich habe erstens nicht unbegrenzt Geld, zweitens ein ungutes Gefühl und drittens die Regel.«

Wahrscheinlich traf einzig und allein Punkt drei zu und erklärte alles, dachte Wilfert. Aber er sagte lieber nichts.

»Wie dem auch sei. Kommen Sie bitte morgen Vormittag! Geht das? Um zehn?«

»Ich bin um zehn bei Ihnen.«

Wilfert legte auf und schleuderte das Handy auf den Schmutzwäschehaufen. Blöde Kuh. Gerade eben war er gut gelaunt und beschwingt gewesen. Egon war auch wirklich ein lieber Kerl. Wer hätte sich das gedacht? Jetzt hatte ihm Annegret die gute Laune gleich wieder zunichte gemacht. Zicke! Verwöhntes höheres Töchterchen. *Geistiges Nackerpatzerl*, hätte seine Mama gesagt.

Aber es half ja nichts. Wilfert brauchte das Geld, Wilfert brauchte eine Profession und diese eine, für die er sich jetzt entschieden hatte, war Privatdetektiv. Ja. Das war schon was. Also seufzte Wilfert, er seufzte tief, und machte sich an sein tägliches Ritual.

Er dachte noch ganz kurz an Herrn Flieg (jetzt Egon) und machte sich mit einem Häferl voller dampfendem und viel zu starkem Kaffee in der Hand an die Arbeit.

Warum Wilfert lieber eineiige Zwillinge hatte haben wollen, darüber war er sich selbst nicht ganz im Klaren. Dabei war es ganz einfach. Wilfert war sein ganzes Leben auf der Suche nach einem zweiten, ihn ergänzenden Dings gewesen. Nachdem er es noch nicht gefunden hatte, wünschte er es sich für seine Kinder. Außerdem war Wilfert früher ein begeisterter Leser von Internatsromanen gewesen. Am liebsten hatte er die für Mädchen gelesen. Im Alter von neun Jahren hatte er mit einer seltsamen Mischung aus erotisierter Neugier und unverhohlener Begeisterung alle Bände von *Hanni und Nanni* gelesen. Dann alles andere von Enid Blyton, was ihm so in die Hände gefallen war.

Erst als Wilfert auf die Dreißig zuging und spaßeshalber wieder einmal nach diesen Geschichten suchte, war er draufgekommen, dass die deutschsprachigen Versionen dieser Bücher wenig mit den Originalausgaben zu tun hatten. Sein geheimes Hobby wurde es nun, billige, abgegriffene Bücher im antiquarischen Buchhandel zu erstehen oder zu ersteigern und sich mit neuer Begeisterung da reinzulesen. Die Detektivgeschichten waren erst viel später dazugekommen.

Wilfert schob die annegretinduzierte schlechte Laune recht schnell wieder beiseite. Er fühlte sich belebt und frisch und freute sich auf seine Söhne, die morgen wieder antanzen würden. Auf Ilonka freute er sich weniger, aber er würde die Begegnung mit ihr überstehen, so wie er die Begegnungen mit ihr immer überstanden hatte. Wilfert, Wilfert, jetzt fühlst du dich gerade so wohl. Das Leben läuft so richtig rund, du trinkst auch nicht zu viel Kaffee, damit du heute Abend… naja, die Pinkelpausen. Und zieh dich ordentlich an!

Immer wenn in Wilferts Leben alles in bester Ordnung zu sein schien, passierte etwas Unvorhergesehenes. Vielleicht war das auch ein Charakteristikum des Lebens an und für sich, und zwar immer und überall. Jedenfalls piepste Wilferts Handy, gleich würde der Klingelton folgen. Wilfert griff schnell hin und drückte sein Ohr so schnell drauf, dass er gar nicht sah, wer eigentlich anrief. Die Frauenstimme heulte. Oder hatte schon eine Stunde lang geheult. Sie klang in höchstem Maße aufgelöst. »Er ist tot«, heulte die Frauenstimme.

»Was ist los?«, antworte Wilfert. Es war vielleicht nicht die professionellste Art zu reagieren. »Er ist tot«, wiederholte die Frauenstimme schluchzend. Es war Annegret. »Uwe ist tot. Sie haben ihn gefunden. Er ist ertrunken. Er ist ertrunken.«

Wilfert, du alter Depp. Was du darauf sagen sollst, darüber hast du dir natürlich keine Gedanken gemacht.

So schnell konnte das gehen. Gerade eben war noch alles ruhig und beschaulich gewesen, pinkelpausenpatroullieren am Abend, weniger Kaffee des Tags, bald sollten die Söhne kommen. Aber das ging jetzt nicht mehr. Ilonka würde Marin und Nina morgen nicht bringen können und wie sie darauf reagieren würde, mit ihren geschliffenen Nägeln und ihrem unhaltbaren Mundwerk, das wollte Wilfert gar nicht wissen. Wilfert seufzte und wählte.

Nach dem dritten Klingeln hob sie ab.

»Was willst du? Sag mir ja nicht, dass du krank bist.«

»Hallo erst mal«, antwortete Wilfert.

»Was ist?«

Mit seiner Exfrau zu telefonieren war wirklich eine Wohltat.

»Ich kann die Kinder morgen nicht…«

»Du elendes Arschloch.«

Sie begann sofort zu brüllen.

»Was ist mit dir. Musst du saufen gehen heute Abend? Hast eine neue Schlampe? Kriegt die nicht den Hals voll? Elendes Arschloch, unzuverlässiges. Glaub ja nicht…«

»Ich habe einen Job, Ilonka!«

Wilfert versuchte, ruhig zu bleiben, aber um sie zu übertönen, musste er einfach ein bisschen lauter werden: »Ich hab einen neuen Job!!«

»Ja und? Ich hab auch einen Job. Im Gegensatz zu dir immer gehabt. Verarsch mich nicht.«

»Ilonka, es ist eine Ausnahme. Ich nehme die Kinder ein anderes Mal.«

»Arschloch. Blödes. Arschloch.«

Drei Stunden später saß Wilfert im Zug von Wien in die Südsteiermark, genauer gesagt nach Spielfeld-Straß, wo er noch nie in seinem Leben gewesen war. Er war überhaupt schon sehr lange nicht mehr Zug gefahren. Es hatte sich allerdings auch nicht viel geändert. Noch immer schob eine nicht sonderlich beschwingte Figur ein sogenanntes mobiles Bordservice mit Löskaffee und altbackenen Brötchen durch die Waggons, noch immer funktionierte die Vorrichtung zum Händetrocknen am Klo nicht. Seufzend trocknete sich Wilfert die Hände an seiner Hose ab und ging auf seinen Zweiersitz zurück.

Er saß am liebsten im Großraumwagen im Zweiersitz, da fühlte er sich ungestört. In Bruck waren zwei französisch sprechende Mädchen hinter ihm aufgetaucht. Sie sprachen bis Graz französisch, giggelten und hantierten mit ihren vielfältigen Verkabelungen herum. Wilfert, da schaust du! So gut ausgerüstet wie die Jugend von heute ist nicht einmal der beste Privatdetektiv.

In Spielfeld-Straß verließ Wilfert den Zug. Der würde nun ohne ihn weiter bis nach Zagreb fahren. Wilfert sah sich um. Über die Südsteiermark wusste er nicht viel, außer dass sie anhand von Wein und Klapotetzen und mit dem Zauberwort »Genuss« kräftig beworben wurde. Mangels geeigneter Hotellerie in Spielfeld hatte sich Wilfert beim ersten Gulaschwirten am Hauptplatz eingemietet. Vielleicht würde er morgen oder übermorgen in einem Zimmer auf einem Weingut übernachten, doch sein Privatdetektivinstinkt oder zumindest das Gefühl, das Wilfert dafür hielt, sagte ihm, dass ein Abend bei Gulasch und Bier in der ersten Kneipe des Ortes nicht schaden konnte.

Als Wilfert eintrat, wurde er freundlich gegrüßt. Freundlicher fast, als es ihm in Wien je widerfahren war. Er fühlte sich gleich etwas entspannter. Vor Einheimischen ihm ortsfremder Gefilde hatte er eine Heidenangst. Beäugt wurde er natürlich trotzdem, aber nachdem er erst einmal seinen Koffer ins Zimmer (schlicht, aber hell) gebracht und sich zurück hinunter in den Gastraum begeben hatte, ließ die Neugier der anderen ein wenig nach. Die Fremdenzimmer standen ja sicher nicht das ganze Jahr leer und er war sicher nicht der einzige Reisende, der hier einkehrte, bevor es weiter nach Slowenien, Kroatien oder sonst wohin ging. Denn, soviel hatte ihm Wikipedia mitgeteilt, Spielfeld war der letzte Ort vor der Grenze. Früher Gastarbeiterroute, heute Weinbau. Das Gulasch mundete ihm hervorragend. Das Bier auch. Wilfert aß mit Genuss, blätterte ein wenig in der aufliegenden Tageszeitung und rekapitulierte die letzten Stunden.

»Er ist tot«, hatte Annegret schluchzend wiederholt. »Uwe ist tot. Sie haben ihn gefunden. Er ist ertrunken. Er ist ertrunken.« Wilfert hatte natürlich nicht gewusst, was er darauf sagen sollte. Gedacht hatte er sich allerdings viel in diesem Moment.

Der erste Gedanke, der Wilfert in dem Moment in den Kopf schoss, war: Und ich habe ihn nicht einmal kennengelernt. Mit »kennengelernt« meinte der Wilfertsche Kopf nicht die Freude einer Bekanntschaft mit Uwe Becker, dem beeindruckenden Kellermeister, sondern die Tatsache, ihn nie zu Gesicht bekommen zu haben. Wilfert wusste nicht einmal, wie Uwe Becker aussah. Das ungelöste Sexrätsel kam gleich dahinter. Das würde sich jetzt wohl von selbst erledigen. Wer immer sich für Annegrets Mann ausgegeben hatte, um ihre Prosopagnosie auszunutzen, würde jetzt wohl oder übel damit aufhören müssen.

Annegret machte ein undefinierbares Geräusch, vielleicht putzte sie sich die Nase, und Wilfert erinnerte sich daran, dass er etwas sagen sollte. »Oh Gott.« Das war nun natürlich nicht der Rhetorik letzter Schluss, aber für Wilfert war es schon immer eine Horrorvorstellung gewesen zu ertrinken. Insofern war es seine ehrlichste Reaktion. Er setzte noch eines drauf: »Das ist ja furchtbar!«

Wilfert, lass gut sein.

Annegret schluchzte weiter und sagte irgendetwas Unverständliches. Es klang so wie:

»Ich muss ihn identifizieren.« Das war auch logisch und wahrscheinlich hatte sie das wirklich gesagt. Wilfert riskierte es: »Wann?«

»Morgen. Er wird überstellt.«

»Wo ist es denn passiert? Und wie?«

Zwei Fragen auf einmal waren eine zu viel und Annegret brach wieder in entweder Naseputzen, Schluchzen oder auch beides aus.

»In Spielfeld. Wo er gearbeitet hat. Zuletzt. Er ist ertrunken. Oh Gott!«

Jetzt hatte sie es auch gesagt. Wilfert fühlte sich legitimiert nachzufragen: »Ertrunken? Wie ist er denn ertrunken?«

»Ausgerutscht. Und hingefallen. Im Keller ist er ertrunken, im Wein ist er ertrunken.«

»Was?!«

Dann hatte Annegret fast gelacht. Oder hatte sie tatsächlich gelacht? Wilfert war sich nicht mehr ganz sicher.

»Sie müssen mir helfen. Sie müssen dort hinfahren. Das war kein Unfall.«

Da war sich Wilfert auch nahezu sicher. Wenn Uwe Becker tatsächlich ausgerutscht, hingefallen und in einer Weinlache ertrunken war, hatte das den Anspruch auf den Preis für die unwahrscheinlichste Todesart, die ihm je untergekommen war. Der Mann war schließlich Kellermeister.

»Ich fahre«, antwortete Wilfert und wusste weder wann und wohin, noch dass diese Fahrt sein Leben aber so was von verändern würde.

Sechs Stunden später war Wilfert bereits hervorragend betrunken. Der Einheimische neben ihm auch. Es war ein Gutes gewesen hierherzukommen, das konnte Wilfert jetzt schon sagen. Ab und zu ging er aufs Klo und machte sich dort unleserliche Notizen. Das Diktiergerät in seiner Hemdtasche lief sowieso mit. Es war das beste (und teuerste) am Markt und im dritten oder vierten Paket gekommen, die Aufnahmequalität war hervorragend, der Speicherplatz reichte für sieben Stunden. Trotzdem schrieb er sich Stichworte in sein Notizbuch: Die Notizen würden ihm morgen helfen, seine Gedanken zu sortieren.

Außerdem trank Wilfert heimlich bei jedem Klogang so viel Wasser wie möglich. Das führte zwar zu einer sich sprunghaft steigernden Frequenz der Klobesuche, ließ ihn aber vor dem informativen Einheimischen namens Hans (hier hießen sie anscheinend alle Hans, das hatte

Wilfert schon mitbekommen. Hans oder Karl) nicht wie ein Weichei aussehen.

Draußen tranken sie nur Bier, Schnaps oder Mischung. Eine Mischung war eigentlich ein Spritzer, soviel hatte auch Wilfert gleich verstanden. Hans war in Redelaune und schwer zu bremsen. Wilfert ließ ihn einfach erzählen. Das war das Beste, um einen ersten Eindruck in die südsteirische Lage zu bekommen. Lage, dachte Wilfert, wie der Weingarten. Dann ging er wieder in den Gastraum zurück.

Am nächsten Morgen wusste Wilfert zwei Dinge: Dass die Einheimischen hier sehr trinkfest zu sein schienen, aber dass er, Wilfert, ebenfalls ein harter Brocken war (seine Kopfschmerzen waren angenehm unterschwellig). Zweitens wusste Wilfert jetzt in groben Zügen, was in Spielfeld so abging. Er hatte sämtliche glaubwürdige und unglaubwürdige Geschichten dieses Ortes und seiner Umgebung gehört. Er hatte gehört, wer wann über welche Kellerstiege gestolpert war und sich das Genick gebrochen hatte. Er wusste, wer pleite war und wer sich deswegen aufgehängt hatte. Er kannte die Namen der »Großkopferten«, wie Hans (oder Karl) es ausgedrückt hatte. Er wusste vom Pantscherl des Fleischermeisters mit der Frau eines hiesigen Fliesenlegers. Beziehungsweise, und das durfte Wilfert nicht vergessen, wusste er all diese Dinge so, wie Hans (oder Karl) sie zu wissen glaubte. In den nächsten Tagen würde Wilfert hoffentlich noch andere Perspektiven dazugewinnen. Das kam ganz darauf an, mit wem Wilfert sprechen würde.

Nach einem ausgiebigen Frühstück (die Wirtin wollte Wilfert nicht ziehen lassen, sie tischte ihm das umfassendste Frühstück auf, das er je gesehen hatte und brachte ihm mit den Worten »Fasten können Sie daheim auch« sogar ein zweites Frühstücksei), befasste sich Wilfert etwas näher mit den örtlichen Gegebenheiten.

Durch seinen übereilten Aufbruch hatte er sich noch gar nicht damit beschäftigen können, wie er zum Beispiel von einem Weinbauern zum nächsten gelangen würde. Wienverseucht wie er war, hatte er gedacht, dass es hier wie in der Stammersdorfer Kellergasse sein würde: Zuerst steigt man in die Tram und dann geht man zu Fuß von einem Heurigen zum nächsten. Dass er sich damit ziemlich getäuscht hatte, dämmerte ihm, als ihm die immer noch sehr freundliche Wirtin (sie hieß Andrea) eine Karte brachte, auf der für wanderwillige Touristen »Rebenwanderungen« durch die Weinberge abgebildet waren.

Unter einer Stunde ging da gar nichts. Dazu kam, dass Wilfert überhaupt nicht in der Nähe der Weinberge war. Wilfert hielt sich ganz woanders auf, nämlich im Ortskern. Der bestand, wenn Wilfert das richtig erkannte hatte, aus Andreas Wirtshaus, einer Bank und dem Hauptplatz mit einer seltsam unpassend anmutenden Siegessäule neben dem Gemeindeamt.

Der Weinbau spielte sich woanders ab. (Hinter den sieben Bergen, dachte Wilfert.) Das Problem war nicht, dass man das alles nicht zu Fuß überwinden konnte, das Problem war, dass er, wenn er mit der Einschätzung der Hiesigen richtig lag, wahrscheinlich nicht sehr vertrauenswürdig wirken würde, wenn er mit seinem gesammelten Equipment auf den Schultern von Hof zu Hof zog. Das würde so aussehen, als hätte er kein Geld, und nach all dem, was ihm Hans (oder Karl) gestern über die »Großkopferten« erzählt hatte, war das etwas, womit er sich nicht sehr beliebt machen würde. Ein Auto musste her. Ein Privatdetektiv ohne

Auto ist nämlich ein ziemliches Armutschkerl. Seufzend bat Wilfert Andrea um einen Internetzugang.

Als Herr Flieg seine Brieftauben gehätschelt und Amalie wieder sicher auf den Dachboden zurückgebracht hatte, machte er sich daran, das neue Material zu sichten. Obwohl nie etwas wirklich Aufregendes passierte (die Sexgeschichten waren ihm zu weit hergeholt), wurde das nie langweilig für ihn. Und er empfand es als schöne Pflichterfüllung gegenüber einer Frau, die ihn gut behandelt hatte, vor allem, als er es am dringendsten gebraucht hatte. Weil er also im tiefsten Innersten nie damit rechnete, etwas Ungewöhnliches auf den meistens ziemlich verwackelten Aufnahmen zu finden, hätte er es fast übersehen.

Und vor lauter Aufregung, endlich einmal etwas zu sehen, hätte er etwas zweites, noch viel Wichtigeres wahrscheinlich wirklich nicht bemerkt. Aber Herr Flieg war ein besonnener und gründlicher Mann und sah sich die Aufzeichnungen, nachdem er den Mann, der gegenüber vom Haus stand, um ab und zu aus dem Bild zu verschwinden, erkannt hatte, ein zweites und ein drittes Mal durch.

Herr Flieg klappte seinen Laptop zu und begann zu lächeln. Er wusste selbst nicht genau, warum.

Wilfert und Andrea kommen sich näher

Der Name des Gasthofs Gloitzsch stammte noch von den Vorbesitzern. Sie waren slowenischer Abstammung gewesen. Gloitzsch schrieb man früher Gloič.

Natürlich gab es im Gasthof Gloitzsch drahtloses Internet. Wilfert wollte sich mit den Zugangsdaten dankend auf sein Zimmer zurückziehen, doch Andrea wies ihm resolut eine ruhige Ecke im Gastraum zu, nicht weit weg von der Theke, und versorgte ihn dort sowohl mit Kaffee als auch mit Zwischendurchkommentaren. Du fühlst dich wohl hier, Wilfert, nicht? Doch vermutlich dauert es noch eine Zeit, bis du dir das eingestehst. Jetzt brauchst du erst einmal ein Auto.

Die nächste Autovermietung befand sich in Leibnitz. Kein Problem, erklärte ihm Andrea, da sei er, Wilfert, ja auf dem Herweg durchgefahren, und Wilfert erinnerte sich. Zehn Minuten waren das mit der S-Bahn, aber Andrea mischte sich schon wieder ein, sie müsse ohnehin zum Großhändler und würde ihn mitnehmen. Wer weiß, ob alles gut gehe, meinte sie, Wilfert kenne sich ja mit den örtlichen Gepflogenheiten (sie sagte tatsächlich Gepflogenheiten, aber in einem so breiten Dialekt, dass sie es wiederholen musste, bis Wilfert verstand, was sie meinte) nicht so aus – schlicht, sie würde ihm helfen.

»Das ist sehr nett. Aber haben Sie nicht schon genug zu tun?«

»Ich bin hier die Chefin. Ich tu, was ich will.« (I bin do die Chefin. I tua, wos I wü.)

Andrea war ein Engel der spielfelderischen Ebene. Sie fuhr mit Wilfert nach Leibnitz, half ihm durch die Untiefen des südsteirischen Dialektes und nahm ihn anschließend zu ihren Besorgungen mit, denn natürlich gab es in Leibnitz keine Autovermietung, sondern nur einen Taxiunternehmer, der eine Kooperation mit einem internationalen Autovermietungsunternehmen betrieb, folglich musste das Auto erst aus Graz…

Schließlich waren alle andreaschen Besorgungen erledigt und immer noch war eine Stunde Zeit, bis der BMW aus Graz abholbereit sein würde. Voller Dankbarkeit über Andreas Freundlichkeit und den bis jetzt geglückten Tag lud Wilfert sie spontan zum Essen ein.

Andrea sagte zu. »Aber ich muss zuerst daheim anrufen. Ich war schon lange nicht mehr über Mittag weg.« Das Gespräch war kurz, »daheim« schien alles gut zu gehen (Andrea hatte eine fast erwachsene Tochter, die manchmal mithalf, und eine resolute slowenische Köchin). Sie parkte ihr Auto beim Bahnhof, der nicht weit vom Hauptplatz entfernt war, und während Andrea ihm ein bisschen etwas über ›Leibnitz, die Einkaufsstadt‹ erzählte, hatte Wilfert Zeit, sie näher zu betrachten. Sie gefiel ihm. Wenn er sie doch bloß ein wenig besser verstehen könnte!

Das von Andrea angesteuerte Wirtshaus in der Schmiedgasse hatte leider geschlossen (»Ich glaub, das macht auch nicht mehr auf«), und so landeten die beiden in einem netten Gastgarten eines Hotels.

»Hier gibt es schon seit zwanzig Jahren das Gleiche zu essen. Ich bin dort drüben in die Schule gegangen.« Sie zeigte in eine Richtung, in der Wilfert keine Schule sah, aber sie würde wohl da sein.

»Und damals haben Sie hier gegessen?«

»Erstens einmal, ich bin die Andrea.«

Das wusste Wilfert, und dass sie es aussprach, verwirrte ihn.

»Ich meine, mir wäre lieber, wenn wir du sagen würden.«

»Ah.« Wilfert, du Depp. Das hier ist immer noch Österreich und du verstehst die Sprache. »Ich heiße Wilfert.«

»Ich weiß.« Sie kicherte. Natürlich, er hatte ja irgendetwas ausfüllen müssen, so ein Gästestammblatt.

»Also.« Sie hob ihr Glas und sie stießen an. Dann erhob sich Andrea ein bisschen vom Sessel und küsste Wilfert ganz leicht auf die Wange. Wilfert, deine erste Berührung mit einer Frau seit ungefähr ewig! Grund genug, dass du sie dir weiterhin gründlich anschaust.

»Also«, setzte sie fort, »ich hab natürlich nicht hier gegessen als Schülerin. Aber ab und zu waren wir zum Schulschwänzen hier. Eher, wenn Nachmittagsunterricht war. Auf ein Getränk.«

»Und vormittags?«

»Vormittags waren wir in einem kleinen Kaffeehaus da weiter vorne ums Eck. Und in zwei, drei Spelunken. Haben alle zugesperrt. Aber das hier gibt es noch.« Sie deutete einmal rundherum. »Und in den letzten Jahren, wenn ich hier war, war das Essen immer sehr gut.«

»Das freut mich.«

Wilfert hatte sich ein Wiener Schnitzel bestellt. Nicht sehr originell, aber weil steirische Kürbiskerne in der Panier waren, kam er sich nicht ganz so dämlich vor. Außerdem bestellte er eine Flasche Weißwein vom Balleis, das war laut Hans oder Karl ein Großkopferter aus Spielfeld, der nichtsdestotrotz angeblich ausgezeichneten Wein kelterte. »Kein Wunder«, hatte Hans oder Karl grinsend kommentiert, »der hat sich ja auch die besten Hänge unter den Nagel gerissen!«

Der Wein war vorzüglich und auch Andrea ließ sich nicht lange bitten. Sie leerten die Flasche im Laufe der nächsten zwei Stunden. Das mit den 0,5 Promille schien Andrea nicht so ernst zu nehmen.

»Wir sind eh gleich daheim. Und ich bin so gut aufgelegt. Es ist höchste Zeit gewesen, dass ich wieder einmal rausgekommen bin.« (Sie sagte »aussikumman«.)

Wilfert freute sich mit ihr. Sie schien tatsächlich eine gute Zeit mit ihm zu verbringen. Und er hatte Zeit, sie näher betrachten.

Egon Flieg ist aufgekratzt

Endlich war etwas passiert. Endlich konnte sich Herr Flieg bei der Dame seines Herzens revanchieren. Er wusste zwar noch nicht genau, was das, was er gesehen hatte, zu bedeuten hatte. Doch eines wusste er gewiss: Die Videoaufzeichnungen wichen das erste Mal seit eineinhalb Jahren deutlich von denen ab, die Amalie normalerweise nach Hause brachte.

Sie war eine so gute Taube. Herrn Fliegs Herz ging kurz über vor lauter Liebe zu Amalie und den anderen Mitbewohnern oben am Dachboden. Dann konzentrierte er sich wieder.

Es war ja nicht so, dass er unvorbereitet auf das Eintreten einer Veränderung war. Jetzt kam es vor allem darauf an, den Kopf klar zu halten. Keine zeitraubenden Verwirrungen. Denn es war schon sehr verwirrend, dass ausgerechnet sein Nachbar vor Annegrets Haus stand. Gerade eben, wo sie sich nähergekommen waren.

Näherkommen ist eine seltsame Bezeichnung für den Beginn einer Männerfreundschaft, dachte Herr Flieg. Ob das wirklich eine Männerfreundschaft hätte werden können? Herr Flieg hatte in seinem ganzen Leben noch nie eine Männerfreundschaft gepflegt. Er wusste gar nicht genau, was das war, aber er hatte so seine Vorstellungen. Sicherlich war so eine Freundschaft sehr schön. Und jetzt war der Ansatz dazu im Nichts verschwunden. »Aber wieso eigentlich?«, dachte Herr Flieg. Er war ein bisschen aufgekratzt (»Endlich ist etwas passiert! Endlich ist etwas passiert«, hallerte es ununterbrochen zwischen seinen Schläfen hin und her) und musste sich wirklich sehr um Konzentration bemühen. Rational bleiben. Dass Nachbar Wilfert vor Annegrets Haus herumgestanden war (»Er hat sie beobachtet«, ging jetzt die Melodie in seinem Kopf) war nicht per se ein Zeichen dafür, dass er etwas Böswilliges im Sinn hatte.

Herr Flieg atmete tief ein. Dann ging er in den Vorraum, zog sich Schuhe und Mantel an und trat vor die Tür. Dann würde er eben spazieren gehen. Solange, bis sich sein Verstand wieder beruhigt hatte und sämtliche Melodien aus seinem Schädel verschwunden waren.

Zwei Stunden später stand Egon Flieg vor seinem Elternhaus. Natürlich hatte es ihn zur Brutstätte aller seiner Mutmaßungen und Vermutungen getrieben. Es war unwahrscheinlich, dass er Annegret schon wieder begegnen würde. Wie immer, wenn man sich so etwas denkt, passiert genau das, was man sich gerade eben überhaupt nicht vorstellen konnte. »Scheiße«, dachte Herr Flieg, als er eben am Haus vorbeiging und aus dem Augenwinkel sah, wie die Haustür geöffnet wurde. Er hatte wirklich nur daran vorbeiflanieren wollen. Vielleicht sieht sie mich nicht, dachte er weiter, senkte den Kopf und wandte ihn ein wenig straßenseitig, ging ein paar Schritte und musste vor lauter Aufregung zweimal kräftig niesen. Wie lange war das jetzt her, dass er hier gewesen war, als sie ihn durchs Haus geführt hatte? Eineinhalb Jahre, und trotzdem rief sie ihm nach, als wäre es gestern gewesen. Scheiße. Das war es dann wohl gewesen mit dem *stealth mode*.

Wie Wilfert schien auch Andrea einiges auszuhalten und zeigte, abgesehen von den süßesten kleinen roten Flecken auf der Wange, kein Zeichen von Alkoholgenuss. Bald würden sie aufbrechen. Jetzt tranken sie noch einen Verlängerten, dann würde Andrea Wilfert zu seinem Miet-BMW bringen. Sie würden sich erst im Gasthof Gloitzsch wieder sehen. In einer anderen Atmosphäre. Andrea als Wirtin und Wilfert als Gast. Wilfert, Wilfert, wenn nicht jetzt, wann dann?

Wilfert hatte sich Andrea zu lange zu genau angeschaut, nun war er angeschickert und ein bisschen hasig. Im gegenwärtigen Zustand fand er sie über alle Maßen hübsch. (Das war sie allerdings auch. Um das zu erkennen, musste man nicht angeschickert sein.) Am liebsten hätte er sie hinter den nächsten Baum gezerrt, um dort nach südsteirischen Eigenheiten ihres Körperbaus zu suchen.

Andrea lächelte ihn an. Sie war nicht sehr groß und irgendwie kompakt gebaut. Ihre Haare waren schwarz und glatt, schulterlang, eigentlich eine langweilige Frisur, aber schnell zurückgesteckt, wenn es im Gasthaus rundging. Wilfert wollte gern in dieses schwarze, glatte Haar hineingreifen. Andrea lächelte ihn noch immer an. Dann stand sie auf. Wilfert dachte »Scheiße« (ungefähr zeitgleich mit Herrn Flieg dachte Wilfert »Scheiße«, der eine vor Annegrets Haustür in Wien, der andere in einer südsteirischen Bezirkshauptstadt). Dann dachte er schon nichts mehr, denn Andrea hatte ihn an der Hand genommen, »Ich habe eine Idee« gesagt, und ihn in Richtung Gastraum gezogen. Wilfert war zwar zuvor auf der Toilette gewesen, aber erst jetzt dämmerte ihm, dass drinnen nicht nur ein ganz normaler Gastraum war, nein, der Gastgarten war einem Hotel angeschlossen, und so schnell wie sich Andrea an der Rezeption einen Zimmerschlüssel erhandelte, konnte Wilfert gar nicht schauen. *Bumstinazl*, hätte seine Mutter gesagt.

Jetzt, Wilfert, solltest du besser deine Brille abnehmen.

Desgleichen tun Egon Flieg und Annegret (sie kommen sich näher)

Herr Flieg konnte natürlich nicht so tun, als hätte er Annegret nicht gehört. Er blieb stehen und wandte sich ihr zu. Sie sah nicht ganz so bezaubernd aus wie damals. Aber immer noch, nun ja, berückend. Vielleicht hatte sie geweint? Das musste es wohl sein: Annegret sah irgendwie verheult aus. Rote, schwimmende Augen, aufgeplusterte Wangenknochen.

»Hallo«, sagte Herr Flieg, und weil er sichs nicht verkneifen konnte: »Alles in Ordnung?«

»Ja«, antwortete Annegret, und fügte dann nach einer kurzen Pause in einer verdächtig schütteren Tonlage hinzu: »Naja. Eigentlich nicht wirklich. Was machst du denn hier?«

Damals, an diesem seligen Nachmittag im Frühjahr, hatte sie irgendwann beschlossen, du zu ihm zu sagen. Ganz ohne Ritual, wie selbstverständlich.

»Ich weiß nicht«, log Herr Flieg. Oder, vielleicht war das ja auch gar keine Lüge. Er wusste wirklich nicht, was er hier tat.

»Und wieso bist du nie mehr vorbeigekommen?«

Jetzt geriet Herr Flieg ein bisschen in Panik. Er konnte Annegret nicht erklären, wieso er nicht mehr gekommen war. Dass er die zauberhafte Existenz dieser einen Begegnung nicht durch eine Wiederholung verflachen lassen konnte. Dass er sich aber trotzdem um sie gekümmert hatte, sich immer um sie kümmern würde. Das alles war so unglaublich, er wusste, er würde es nicht in Worte fassen können. Also log er: »Ich weiß es nicht.«

Im selben Moment verfluchte er seine unbeholfene Zunge. Annegret hatte zu schluchzen begonnen. »Ist ja auch egal. Ist ja alles sowas von scheißegal.«

Sie wandte sich um und war drauf und dran, wieder in ihrem Haus zu verschwinden. Und dann hätte Herr Flieg sich nie verziehen, dass er sie heulend von dannen ziehen lassen hatte und der Zauber ihrer ersten Begegnung durch eine schreckliche zweite Begegnung nicht nur beeinträchtigt, nein, völlig verhaut worden war.

»Warte! Entschuldige! Warte doch!«

Sie wandte sich um. Glasklarer Rotz rann ihr auf die Oberlippe und vermischte sich dort mit den Tränen, die von überall her zu kommen schienen. Sie wischte mit dem Ärmel drüber, was die Sache nicht gerade besser machte.

»Da hast du.«

Egon Flieg, der stets gut ausgerüstete, dezente Gentleman hielt seiner Hofdame ein battistenes Taschentuch mit gestickten Initialen hin. G.F. besagten die Initialen. Es war ein Taschentuch seines Großvaters väterlicherseits, den er nie kennengelernt hatte. Sei Name war Giselbert gewesen.

Annegret ging ein paar Schritte auf ihn zu. Nahm das Taschentuch über das Gartentor entgegen. Und fragte: »Kannst du reinkommen, bitte? Mir geht es gerade nicht so gut.« Als ob er das nicht gesehen hätte.

»Ja sicher«, antwortete Egon Flieg, »ich komme gerne zu dir rein.«

Erneut betrat er das Haus, in dem er einmal glücklich gewesen war.

Annegret ging, ohne sich umzusehen, voran in die Küche. Herr Flieg stolperte hinter ihr her. Seine Augen mussten sich erst an die Dunkelheit gewöhnen. Es war Tag, aber

Annegret hatte das Licht im Flur nicht eingeschaltet. Der Flur war fensterlos und ohne künstliches Licht sehr dunkel. Normalerweise brannte hier immer Licht.

In der Küche war es besser. In der Küche gab es zwei große Fenster, man konnte das Nachbargrundstück sehen, ausladende Nussbaumkronen und ein Stück des zum Haus gehörigen Gartens. Die Fensterbänke waren so breit, dass man bequem darauf sitzen konnte.

Als Kind waren die Fensterbänke Herrn Fliegs Lieblingsplätze gewesen. Hier hatte er seiner Mutter beim Kochen zugeschaut, hier hatten sie gemeinsam Radio gehört, geredet und gelacht. Manchmal, wenn seine restliche Familie außer Haus war, hatte sie ihm erlaubt, gleich hier auf der Fensterbank zu essen. Sie hatte ihm den Teller in die Hand gedrückt und war hinausgegangen. Sie hatte solche Gelegenheiten genutzt, um eine Mahlzeit ausfallen zu lassen, und Klein Egon war glücklich, froh gewesen. Er hatte vor sich hin gelöffelt und beobachtet. Es hatte immer etwas zu beobachten gegeben.

»Setz dich.« Annegret deutete auf die Bar. Die Bar war mehr ein Küchenblock mitten im Raum. Der hintere Teil der Küche war höher, wie eine kleine Bühne, dort standen zwei tiefe Sessel und man konnte gemütlich dort sitzen und die Arbeitsplatte des Küchenblocks als kleine Bar wahrnehmen. Auch hier hatte sich nicht viel verändert. Die Möbel waren neu, die Anordnung war geblieben.

Herr Flieg setzte sich leicht überwältigt und sehr gehorsam. Trotz der Rotzspuren in Annegrets Gesicht fand er sie unwiderstehlich: Ihre Nase mit der leichten Andeutung edler Krümmung. Ihre langen, schlanken und doch muskulösen Beine. Ihre wohlgeformten Knie. Ihr Stil, sich zu kleiden, schlicht und sehr feminin. Heute trug sie einen Jeansrock, der knapp über ihren Knien endete, und eine dunkelrote, taillierte Bluse. Sie schniefte noch einmal in das Taschentuch seines Großvaters und betrachtete es dann ratlos. Herr Flieg musste fast lachen.

»Einfach in die Waschmaschine«, sagte er. »Du kannst es mir ein anderes Mal zurückgeben.«

Annegret nickte stumm und betätigte einige Hebel und Düsen an einer riesigen Kaffeemaschine, deren vorrangige Existenzberechtigung es zu sein schien, unterkühlt italienisch zu wirken. Früher einmal hatte Egon Flieg auch so eine Kaffeemaschine besessen. Damals.

Aus dem Kühlschrank neben dem Fenster nahm Annegret Milch, schäumte sie auf, suchte und fand Zucker und setzte sich nach ein paar zügigen Handgriffen neben ihn. Die Anordnung der Küche ließ kein Gegenübersitzen zu. Beide rührten schweigend in ihren Tassen und starrten auf die Küchenzeile. An der Kaffeemaschine blinkte ein roter Knopf in regelmäßigem Rhythmus. Herr Flieg hoffte, dass der Knopf bald aufhören würde zu blinken. Er musste die ganze Zeit hinsehen. Annegret schien das nicht zu stören, sie schien ihn gar nicht zu bemerken. Ihn nicht, den Knopf nicht, sie starrte vor sich hin und begann dann fast unmerklich wieder zu schluchzen. Leise Erschütterungen fanden an ihren Schultern statt, wie Ausläufer eines weit entfernten Seebebens. Herr Flieg wusste sich nicht anders zu helfen, als Annegret fast ängstlich zu tätscheln und »na, na« zu sagen.

Die kleine Berührung schien jedoch erst recht alle Schleusen zu öffnen. Annegret schob die Espressotasse von sich, legte ihren Kopf auf die Arbeitsplatte, wühlte die Hände in ihr aschblondes Haar und begann hemmungslos zu heulen. Wie ein Schoßhund, dachte Herr Flieg, oder heißt es Schlosshund? Und heulen Schoßhunde anders als Schlosshunde? Eine seltsame Redewendung jedenfalls. Er legte, weil er vom Nachdenken über die Schoß- und Schlosshunde abgelenkt war, geistesabwesend einen Arm um Annegret und zog sie ein bisschen an sich. Sie reagierte stürmisch und wechselte von der Arbeitsplatte an seinen Brustkorb. Fast wäre er von seinem Sessel gefallen, der zwar kein Barhocker war, aber doch sehr hohe Beine hatte. »Na, na«, wiederholte Herr Flieg, »na, na.«

Eine Stunde später war Herr Flieg im Besitz einer völlig neuen Weltsicht. Annegret hatte ihm viel erzählt. Sie hatte ihm erzählt, wie Uwe gestorben war. (Herr Flieg hatte einfühlsamer reagiert als Wilfert, das musste man ihm zugutehalten.) Sie hatte ihm von ihrer Einsamkeit erzählt, unter der sie schon vor Uwes Tod gelitten hatte, er war ja immer unterwegs gewesen. Sie hatte ihm von ihrer Prosopagnosie erzählt – aber das hatte er ja schon gewusst, das war eines der Dinge, die Annegret den Menschen immer gleich erzählte. Damit sie nicht beleidigt waren, wenn sie sie auf offener Straße ignorierte, bis man sie ansprach. Sie hatte ihm erzählt, dass sie ihn, Egon, gleich erkannt habe, am Niesen. Keiner niese so wie er, sagte Annegret, er höre sich an wie ein verkühlter Nasenbär.

Und dann hatte Annegret auch noch alles andere erzählt, alles, was Herr Flieg nicht wissen konnte: vom vermuteten fremden Mann in ihrem Bett, vom Privatdetektiv, den sie engagiert hatte, der vielleicht eine ziemliche Lusche war und ihr trotzdem irgendwie sympathisch, und davon, dass sie nicht an einen Unfalltod Uwes glaubte.

»Jemand hat ihn umgebracht«, sagte Annegret und schniebte leise.

»Glaubst du wirklich?«

Herr Flieg strich ihr sanft durch das Haar. Die ganze Szenerie erschien ihm unwirklich, ein Gespinst in seinen Händen: Annegrets Haare waren Zuckerwatte, und wenn er sie in den Mund nehmen würde, würden sie sich auflösen und verschwinden.

»Ich glaub es nicht nur, ich weiß es. Und jetzt hab ich halt diesen Wilfert darauf angesetzt. Im Moment ist er irgendwo in …«

Aber da war Herr Flieg schon so schnell gestartet wie eine seiner weltmeisterlichen Brieftauben. »Wen?!«, rief er. Er saß aufrecht auf der Bettkante und machte sich nicht die geringste Mühe, seine schwarzbehaarte Nacktheit zu verbergen. Das war vor einer halben Stunde noch anders gewesen.

»Alles in Ordnung?« Annegret schien erschrocken. »Du kennst Wilfert?«

»Kennen? Natürlich kenne ich ihn. Wilfert ist mein Nachbar. Wenn du diesen Wilfert meinst. Aber so viele wird es ja wohl nicht geben.«

»Nein, so viele wird es wohl nicht geben. Er wohnt in einer dieser ehemaligen Kleingartensiedlungen. Ober …«

»… wiesenfeld 34«, vollendete Egon Flieg den Satz für sie. Und fügte hinzu: »Das ist mein Nachbar.«

Aufgeregt schnatternd wie Kinder, die ein im Frühjahr übersehenes Osternest im Sommer gefunden hatten, saßen nun beide, Herr Egon und Annegret, aufrecht im Bett und besprachen diese seltsame Koinzidenz. Dass Wilfert Egons Nachbar war. Wie Annegret Wilfert angeheuert hatte. Wie unzufrieden sie mit diesem war und wie gewillt, ihm trotzdem noch ein wenig Zeit zu geben, angesichts des plötzlichen Todesfalls. Annegret musste auch immer wieder ein wenig weinen, aber nicht mehr ganz so oft und vor allem nicht mehr ganz so heftig.

Dann, weil Herr Flieg noch überrumpelt und aufgeraut vom eben erst stattgefundenen Liebesakt war (»Ein Wunder«, sang es in ihm, »ich weiß, es wird einmal ein Wunder geschehen«), erzählte er Annegret auch gleich den Rest. Was sie nicht wissen konnte. Sie sank zurück in ihre Polster und hörte ihm zu, ihre vom Weinen aufgeplusterten Augen waren hell. Zum Schluss hatte keiner mehr etwas zu sagen. Herr Flieg ertappte sich das erste Mal seit mittlerweile ungefähr einer Stunde unangenehm bei seiner eigenen Nacktheit. Annegret betrachtete ihn immer noch, sie sah ihn an wie ein junges Mädchen sein allerletztes Stück Schokolade, das allerletzte, allerbeste Stück. Schweigen. Herr Flieg versuchte sich in Annegret zu versetzen.

Was sie sah, war ein kleiner Mann, irgendwie schrullig, ein bisschen wie aus dem Kleingartenbilderbuch. Aber er war nicht dick, er war athletisch, das machten die Gartenarbeit, die Taubenzucht, die guten Gene. Ein Körper, der nicht uncharmant war. Aber dicke schwarze Büschel auf dem Bauch und auf dem Rücken aufwies. Das schien sie nicht zu stören, zumindest hatte sie sich ordentlich darein vergraben, als sie vorhin…

Was sie noch sah, waren golden gesprenkelte braune Augen. Die Haare licht und schütter. Immer auf der Gratwanderung zwischen Glatze und Lächerlichkeit. Sie sah vielleicht seine sanften und leider rauen Hände (auch das von Gartenarbeit und Taubenzucht). Sie sah einen im Moment völlig entrückten Mann. Eigentlich konnte es ihm egal sein, dachte Herr Flieg, wie sie ihn sah, eigentlich sollte er wieder das tun, was er am besten konnte, nämlich sie betrachten: Annegret, die Frau mit dem Schlüssel zu seinem Herzen und seinem Haus.

Das dachte Herr Flieg und legte sich ebenfalls wieder zurück auf die Polster und sah Annegret unverwandt an und ließ seine sanften, rauen Hände sachte über ihre Hüfte wandern.

Zusammen mit Wilfert war der berühmte südsteirische Herbst samt Farben- und Touristenwahnsinn in Spielfeld eingezogen. Die Südsteiermark war plötzlich nicht mehr beschaulich und trinkfreudig, sondern die sogenannte »steirische Toskana«. Sogar die Schluckspechte, die sich allabendlich bei Andrea einfanden, verschwanden: Alle mussten arbeiten, rund um die Uhr. Die Südsteiermark selbst versuchte sich mit verhangenem Morgennebel zu wehren, der die Weinberge mit kleinen Pölsterchen bedeckte und über den Vormittag verteilt nach oben verschwand, aber sogar dieser Nebel war so berückend, dass er eine Anreise wert war.

Wilfert war noch immer da. Er hatte sein Gästezimmer aufgegeben und schlief in den meisten Nächten bei Andrea. Er war von ihrem großen Herzen ebenso überwältigt wie von ihren anderen Vorzügen. Sooft er konnte, lud er sie zum Essen ein, entführte sie oder, besser gesagt, ließ sich von ihr entführen. Gemeinsam bereisten sie die Weinstraße. Sie fuhren dorthin, wo Andrea sich auskannte und wo er nur Zutritt bekam, in Kellereien und Flaschenwaschanlagen, weil sie dabei war. Es war eine faszinierende Welt. Wilfert, Wilfert, wenn dir das vor einem Monat jemand gesagt hätte.

Mit Annegret war er telefonisch in Kontakt, sie schien etwas ruhiger geworden zu sein, nicht mehr so ungeduldig.

Bereitwillig ließ sie sich von seinen Fortschritten berichten und Fortschritte waren es, die er machte, oh ja. Bloß an manchen Abenden, wenn er alleine war und Andrea noch arbeitete, an diesen Abenden, wenn er seine Notizen ausstreute und verglich, Aufnahmen, die er insgeheim mit dem Diktiergerät oder seinem Handy gemacht und danach transkribiert hatte, wenn er alles wieder und wieder durchsah, auf der Suche nach so etwas wie einen roten Faden, dann musste er sich eingestehen: Er hatte in Wahrheit gar nichts. Er hatte nichts, was irgendwie mit Uwe Beckers Tod in Verbindung gebracht werden konnte. Uwe Becker selbst war immer noch nicht mehr als ein Schema. Wilfert hatte ihn nie gekannt und würde ihn nie kennenlernen. Was er, Wilfert, stattdessen vor sich liegen hatte, war ein Panoptikum südsteirischer Anekdoten über mehr oder weniger sündhafte Vergehen und Schauergeschichten, von denen er selbst nicht annahm, dass sie alle stimmten.

Da war zum Beispiel die Geschichte einer Feindschaft zwischen zwei Winzern, die sich, ähnlich dem trojanischen Großproblem, ganz und allein um eine Frau drehte. Ein Bauer hatte die Schöne abbekommen, der andere, wohlhabendere, bloß deren Nichte. Nun waren sowohl die Männer einander spinnefeind als auch die Frauen, denn beide fühlten sich benachteiligt. Die steirische Helena war angezwidert, weil sie zeitlebens damit haderte, dass ihr Angetrauter nicht so viel Geld hatte, die Nichte, weil sie sich zeitlebens als zweite Wahl fühlte. Alles wäre vielleicht nicht so schlimm gewesen, wären die zwei dazugehörigen Gehöfte nicht auf einem einzigen, kleinen Hügel gebaut und die zwei Bauern außerdem auch noch um drei Ecken miteinander verwandt gewesen.

Oder da gab es die Geschichte vom sehr reichen, sehr geizigen Winzer, der rundherum Häuser an Kleinverdiener vermietete, und wenn die ihre Miete mal nicht zahlen konnten, sie oder ihre Kinder zur Arbeit heranzog. Reichte das immer noch nicht, ließ er ihnen die Haustür aushängen, bis sie entweder zahlten oder in ein anderes prekäres Verhältnis flüchteten. Mannigfaltig waren auch die Anekdötchen über die verschiedenen Todesarten in der Landbevölkerung, und da schien Uwe Beckers Tod bei weitem nicht der ungewöhnlichste zu sein.

Er war nicht der erste, der so oder so im Wein ertrunken war. Und alle, die Wilfert von Uwe Becker erzählten, erzählten das Gleiche. Becker sei ein sympathischer, leutseliger Mann gewesen, trinkfreudig, aber kein Säufer. Er habe offensichtlich alles gehabt, was man in seinem Beruf brauchen konnte. Er sei stets freundlich und hilfreich gewesen, aber auch kritisch. Wer auf seinen Rat nicht hören wollte, den habe er nicht weiter behelligt.

Wo Uwe Becker gewohnt habe, wenn er in Spielfeld war? Meistens bei seinen Arbeitgebern – die meisten Weinbauern vermieteten Zimmer. Manchmal, das hatte ihm auch Andrea bereits erzählt, beim einzigen Gulaschwirten des Ortes, nämlich in ihrem Wirtshaus. Uwe Becker war im Großen und Ganzen ein gerngesehener, beliebter und angesehener Mann, der den Weinbauern (und natürlich auch seinem eigenen Ansehen) nur Gutes getan hatte.

Warum er zum Schluss die Winzerfamilie Balleis beraten habe? Die wollten eine neue Weinsorte kreieren, eine alte Rebe wiederbeleben oder sowas in der Art.

Wie ihm das habe passieren können, im Keller zu stolpern, im Wein zu ertrinken, wie das denn überhaupt gegangen sei? Uwe Becker hatte den Keller geliebt und die Schlüssel zu allen Räumlichkeiten gehabt.

Was er genau bei den Balleis getan habe, wie ihm das genau habe passieren können – da müsse er schon wen anders fragen. Aber hier war der Knackpunkt. Andrea hatte etwas gegen die Balleis.

Das Weingut, von dem Wilfert schon an seinem ersten Abend in Spielfeld gehört hatte. Der Hecht im Karpfenteich. Und ausgerechnet das einzige Weingut, zu dem Andrea keinen Zugang hatte. Erst nach einiger Zeit dämmerte Wilfert, dass da irgendetwas dahinterstecken musste. Andrea war doch sonst mit allen gut. Wie alle anderen Spielfelder war sie in die Volksschule bei der Kirche gegangen, und den Rest der Leute kannte sie, weil man sich halt kannte. In so einem Ort auf dem Land gab es Fußballturniere (SV Gersdorf gegen AK Unterlupitscheni) und Feuerwehrfeste, Pfarrflohmärkte und Frühschoppen mit Schweinskoteletts.

Dieses Ortsleben und die Dynamiken, die dahinter steckten, waren für Wilfert völlig neu. Er musste erst lernen, damit umzugehen beziehungsweise sie zu durchschauen. Aber, Wilfert, du weichst schon wieder ab. Was ist schnell das Problem?

Richtig. Das Problem. Das Balleis-Problem. Es hatte auch nichts gebracht, weiter in Andrea zu bohren, nicht mal, nachdem sie heiter und ausgiebig Liebe gemacht hatten, in ihrem Zimmer im ersten Stock, während von unten die geglättete Volksmusik heraufgedrungen war, die die Leute am Land so gerne hörten.

Danach war sie immer sehr redselig, wie ein kleines hungriges Vogelkind plapperte sie drauflos, kramte bereitwillig in ihrem Gedächtnis, um Wilfert zu erzählen, was sie wusste. Dinge, die vielleicht wichtig waren, Dinge, die eine Verbindung darstellen könnten.

Da hatte Wilfert sie gefragt, ob sie denn nicht doch mit ihm zum Balleis fahren würde, vielleicht am nächsten Tag, einen Mittwoch, da wären vielleicht nicht so viele Touristen unterwegs. Aber da war Andrea wieder ganz schweigsam geworden, wie sie immer schweigsam und verschlossen wurde, wenn das Wort Balleis nur von Weitem am Horizont ihres Hörbereiches flimmerte: »Nein. Zum Balleis musst du alleine.«

»Aber dort ist es ja passiert. Ich meine, dort ist der Kellermeister ertrunken. Ich muss dorthin!«

»Aber ich komm nicht mit.«

Er schwieg, gab ihr ein bisschen Luft, streichelte sie und setzte dann nach: »Du könntest mir wenigstens sagen, warum nicht.«

»Das ist persönlich.« Jetzt wurde sie grantig.

»Aber wir zwei sind auch persönlich. Grad eben haben wir etwas sehr Persönliches getan.« Das sagte Wilfert, obwohl er schon wusste, dass er sie nicht zum Lachen bringen würde.

»Na gut. Dann fahr ich eben alleine hin. Vielleicht einfach einmal auf eine Brettljause. Die werden mich schon nicht fressen.«

Aber Andrea antwortete nicht mehr, drehte sich von Wilfert weg und drückte ihren Rücken in Embryostellung fest an seinen Bauch. Ihm blieb nichts anderes übrig, als sie zu umarmen. Einschlafen konnte er jedoch lange nicht.

Der nächste Morgen verlief unter unangenehmem Schweigen. Beim Frühstück sitzend freute sich Wilfert fast darauf, zum Gut Balleis zu gehen. Denn hingehen würde er. Andrea würde ihn nicht die ganze Strecke führen, nur zu einem zu Fuß etwa fünfzehn Minuten entfernten kleinen Buschenschank namens Heberbauer.

Die Heberbauers, hatte sie Wilfert erläutert, waren verschwippschwägert mit den Balleis. Aber dass das hier am Land nichts zu bedeuten hatte, habe er, Wilfert, ja wohl hoffentlich schon mitbekommen. Hier, wo aufgrund des engen Genpools jeder irgendwie mit jedem verwandt war, ja, verwandt sein musste, war der Familienbegriff ein loser. Familie war, was unter einem Dach lebte. Alles andere waren Freunde oder Konkurrenz. Und wenn man die Seiten wechselte, zum Beispiel in eine andere Familie einheiratete, musste man sich schnell entscheiden, wem gegenüber man in Zukunft loyal bleiben wollte.

Der Heberbauer jedenfalls war ein kleiner, feiner Buschenschank. Bioweinbau, Essigproduktion, das war es schon. Ganz bewusst hatten sich die Heberbauers dafür entschieden, klein bleiben zu wollen. Das erzählte Andrea mit Sympathie in der Stimme, sodass Wilfert es automatisch auch gut fand, obwohl er nicht genau wusste, warum. Die Heberbauers, hatte Andrea weiter ausgeführt, waren zu fünfzig Prozent zugewandert, er, der Chef und Familienvater, sei nämlich ein Weh. »Ein was?«, hatte Wilfert gefragt. »Ein Weh«, hatte Andrea lachend geantwortet, »ein Weh, so wie du.« Und, weil er immer noch nicht verstanden hatte: »Alle Grazer sind Gscherte und alle Wiener sind Weh. Man erkennt sie an den Autokennzeichen. Und dann halt…«

Aber da hatte sie nur mehr gelacht und Wilfert hatte schon gewusst, was sie meinte, sie hatte es gar nicht weiter ausführen müssen. Sie hatte gemeint: »an der Aussprache«. So wie du, Wilfert, so wie du, und aus diesem Grund kannst du dich hier auch nicht unauffällig an die Arbeit machen, das ist das erste und grundlegendste Problem. Und deswegen, Wilfert, wirst du bei den Balleis auch sowas von gar nichts erreichen können. So brütete Wilfert über Kaffee und Ei in Andreas

Frühstücksstube und wurde, obwohl der Tag noch gar nicht richtig begonnen hatte, immer trübseliger. Aber vielleicht ahnte irgendetwas in ihm ja schon, was noch folgen würde.

Draußen quietschten Reifen. Jemand hatte den Parkplatz beim Vorbeifahren fast übersehen und reversierte jetzt. Wilfert achtete nicht darauf, bis die Tür aufgerissen wurde, Stöckelschuhe sich näherten und eine furiose Ilonka ihm mit perfekt manikürten Fingernägeln in die Haare griff. Ungläubig tauchte hinter ihr Andrea mit der Milchkanne auf, ungläubig vielleicht auch angesichts der Tatsache, dass Wilfert sich das so gefallen ließ, aber sie hatte ja keine Ahnung, wie weh das tat. Ilonka hatte lebensgefährliche Krallen.

»Du Arsch!«, zischte sie fast liebevoll. »Glaubst, du kannst mich verarschen. Da hast du dich geschnitten.«

Sie klang überhaupt nicht aufgeregt, das beunruhigte Wilfert sehr. Ihr Gesicht ganz nah an seinem konnte er sie fast die Zähne fletschen hören. Sie hatte eine neue Haarfarbe, ähnlich dem Karmesinrot ihrer Fingernägel, die Wilfert aber gerade nicht sehen konnte.

»Aua!«, antwortete er.

»Was aua?« Sie zog ein bisschen fester.

Wilfert wurde bewusst, dass Andrea immer noch hinter ihnen stand: »Lass los!«

Er versuchte, nach Ilonka zu fassen, und kurze Zeit rangelten die zwei, wie Kinder an der Bushaltestelle darum raufen, als Erster einsteigen zu dürfen. Schließlich ließ Ilonka los. »Arschloch, blödes.« Das war ja nichts Neues.

»Was hast du denn? Ich hab doch angerufen!« Fast wehleidig klang Wilfert. Nein, Wilfert, du bist wehleidig, du klingst nicht nur so. Schmerzen hast du schon immer ganz schlecht ausgehalten.

»Was denkst du? Anrufen. Was hilft mir das? Dreimal anrufen, viermal anrufen. Immer soll ich deinen Dreck glauben. Wie lange du noch hier bleiben musst. Was machst du denn überhaupt hier? Ich nehm dich jetzt mit nach Wien. Ist das deine Schlampe?« Sie deutete mit einem mehrfarbigen Fingernagel auf Andrea.

Wilfert musste an eine Stelle aus *Der Name der Rose* denken, eigentlich aus dem »Hohelied der Liebe«: »Schrecklich und schön wie eine waffenstarrende Heerschar«.

Andrea schaute ganz kurz ganz verdutzt drein. Dann war sie schon wieder ganz da. Mit einem schnellen Schritt flog sie zu Ilonka, mit einem noch schnelleren hatte sie ihrerseits in Ilonkas karmesinrote Lockenpracht gefasst und mit der anderen schüttete sie, nein, schleuderte sie die Milch darüber. Dazu sagte sie irgendetwas, was Wilfert wieder einmal nicht verstand, aber diesmal klang es sehr slowenisch.

Die Leute hier griffen beim Fluchen des Öfteren zur trauten Nachbarsprache, es war, als würden sie so des lieben Gottes Tadel entkommen wollen, weil er sie dann ja quasi nicht verstehen würde. Vielleicht wollten sie auch nur ihre kleinen Kinder schonen (mit null Effekt, weil die ihrerseits sehr schnell auf Slowenisch fluchen lernten).

Ilonka kreischte fast ungläubig auf. Andrea rüttelte an ihr. Ein distanzierter Teil Wilferts dachte amüsiert: *»Catfight, yeah!«* Aber dann sprang er doch auf, und auch draußen in der Wirtsstube schienen sie mitbekommen zu haben, dass da drinnen etwas nicht stimmte. Zwei Wilfert nur vom Sehen her bekannte Männer erschienen im Türrahmen, und schon beruhigte Wilfert Ilonka, und die anderen zwei Männer zogen und zerrten an Andrea.

Wilfert hätte auch lieber an Andrea herumgezogen, aber er konnte den unschuldigen Spielfeldern nicht zumuten, mit Ilonka fertigzuwerden. Wer weiß, ob die so etwas wie sie schon einmal erlebt hatten. Andrea schnaubte empört. Die zwei Gäste sprachen beruhigend auf sie ein: »Die ist es ja nicht wert, reg dich nicht so auf!« Was Ilonka natürlich daran hinderte, sich auch nur ansatzweise zu beruhigen. Doch Wilfert hatte eine Stoffserviette geschnappt und tat so, als würde er sie liebevoll abtupfen.

»Glaub nicht, dass du mich beruhigen kannst! Tu nicht so! Arschloch.« Ilonka war Ilonka. Andrea hatte sich jetzt wieder ein bisschen besser im Griff. Es hatte ihr gut getan, die Milch an Ilonka loszuwerden. Kerzengerade schritt sie aus der Stube, nicht ohne Ilonka noch einmal einen verächtlichen Blick zu werfen. Und zu Wilfert sagte sie: »Schau, dass du das draußen regelst.«

Dann war erst mal Schweigen.

Ilonka nahm Wilfert die Serviette aus der Hand und drapierte sie kunstvoll um ihr nasses Haar. »Wir gehen«, herrschte sie ihn an. Wilfert folgte ihr, Widerstand war zwecklos, nach draußen. Wenigstens war Andrea nicht hinter der Theke. Wahrscheinlich hatte sie sich in den Hinterhof verfügt, um genüsslich eine zu rauchen, ein Laster, dem sie wirklich nur in Notfällen frönte.

Quer über zwei Parkplätze stand Ilonkas Mazda.

»Steig ein«, sagte sie, und Wilfert stieg ein. »Keine Angst, ich fahr schon nicht los, ohne dass du deiner Schlampe auf Wiedersehen sagen kannst.«

Sofort stieg Wilfert wieder aus: »Jetzt halt einmal den Mund, gute Ilonka!« Der Geduldsfaden war ihm gerissen und so ein schlechtes Gewissen hatte er nun auch wieder nicht. Natürlich hatte er sich seit drei Wochen nicht um seine Söhne gekümmert, aber Ilonka bekam kräftig Alimente von ihm, und wenn irgendein Notfall eingetreten wäre, irgendetwas, wozu sie ihn wirklich gebraucht hätte, dann wäre er sofort gekommen. Das wusste sie. Sie wusste auch, dass alle Kinder dieser Welt bei der Großfamilie Barbawitsch bestens aufgehoben waren. Die Barbawitsches rauchten sogar im Freien, ihnen zuliebe. Langweilig wurde es ihnen dort auch nie.

Aber Ilonka ließ sich nicht so leicht abspeisen: »Spinnst du komplett? Ich will endlich wieder einmal ein freies Wochenende. Die Kinder fragen nach dir. Was soll das!«

»Ich komme ja. Ich komme übermorgen. Übermorgen ist Freitag. Ich komme und nehme dir die Kinder ab. Dazu hättest du aber nicht hierherkommen müssen. Ich arbeite hier.«

»Ja, Arbeit. Seh ich. An deiner Schlampe.«

»Es reicht, Ilonka.«

Sie machte den Mund noch einmal auf und Wilfert sagte: »Es reicht wirklich. Du bist ja selbst nicht gerade ins Kloster gegangen inzwischen.«

Da machte sie den Mund wieder zu. Beziehungsweise fast: »Tu, was du willst! Ich fahre wieder. Aber wenn du sie am Freitag nicht vom Kindergarten abholst, komm das nächste Mal nicht ich. Dann kommt der Anwalt.«

»Ist gut, Ilonka. Ist gut. Fahr vorsichtig.«

»Was du überhaupt hier machst, in diesem Kaff?«

Sie sah sich noch einmal um, spuckte energisch aus, weniger, um ihm ihre Verachtung zu zeigen, mehr, um ihre Unzufriedenheit mit der Gesamtszenerie zum Ausdruck zu bringen, stieg in den Mazda und brauste ab.

Wilfert seufzte tief. Jetzt würde er wohl das Gespräch mit Andrea führen müssen. Das Gespräch, vor dem er sich schon so lange gefürchtet hatte. Sie wusste ja nicht einmal, dass er Kinder hatte. Verpflichtungen. In Wien. Dass er nicht auf ewig ihre Gastfreundschaft und andere Dienste in Anspruch nehmen konnte. Liebend gerne würde er das tun. Aber Ilonka hatte schon ein bisschen recht. Er hatte Kinder, und die fragten nach ihm. Und plötzlich hatte er Sehnsucht nach ihnen. Wilfert, du bist ein beschissener Vater. Er seufzte noch einmal (die gute Luft hier würde ihm obendrein fehlen) und ging zurück ins Gasthaus.

Drinnen, hinter der Theke, stand Andrea und wischte sich die Hände in einer ohnehin nicht mehr ganz weißen Schürze ab. Ihr Gesicht war gerötet, aber nicht vom Weinen, oh nein. Auf ihrer Stirn hatte sich eine kleine Falte gebildet, *ein Storchenbiss*, hätte Wilferts Mama gesagt, aber das war kein Storchenbiss, das war die Wut, die sie nur mühsam unterdrückte. Die Wut auf diese aufgetakelte Wienerin, die nicht einmal eine echte Wienerin zu sein schien, die Wut auf diese blöde Kuh, die hier reinkam und ihr, Andreas, Gastrecht missbrauchte. Und noch etwas sah Wilfert, als er näher kam: etwas Scheues in Andreas Augen, etwas wie Furcht oder lang verdrängtes Leid. Nichts Schönes.

»Morgen fahren wir zum Balleis«, sagte Andrea. Sie sah ihm nicht mehr in die Augen, drehte sich um und verschwand in der Küche. Dem einzigen Raum des Gasthauses, zu dem er keinen Zutritt hatte.

Der Abend verlief eher unerfreulich. Wilfert machte einige Versuche, sich für das Verhalten seiner Exfrau zu entschuldigen. »Ist schon gut«, antwortete Andrea nur, »du brauchst mir nichts zu erklären.« Wilfert stotterte trotzdem noch ein bisschen herum: «Danke, dass du morgen mit mir zu den Balleis fahren willst. Aber ich komm ja nach dem Wochenende wieder. Wir können eigentlich auch nächste Woche…« Darauf antwortete Andrea dann nicht mehr, sondern schmiegte sich auf bewährte Weise in Embryohaltung an Wilferts Bauch. Dabei war Wilfert doch auch so gerne der Innenlöffel.

Es war 23.34 Uhr, als Wilfert munter wurde. Eine sanfte Hand hatte sich auf seinen Bauch geschoben. Sie sprachen nicht mehr in dieser Nacht. Aber in der Früh war es dann ein bisschen besser.

Egon Flieg verschnauft kurz

Egon Flieg fütterte seine Tauben. Die würden ungeduldig sein und hungrig, das hatte Annegret verstanden. Ohne die hätte sie ihn vielleicht nicht so einfach gehen lassen, das glaubte er fest. Alles war so schnell passiert (»Ein Wunder, es wird einmal ein Wunder geschehen«) und außerdem zu einem unmöglichen Zeitpunkt. Himmel, Annegrets Mann war doch gerade erst gestorben. (»Sie haben ihn umgebracht«, hörte er Annegrets Stimme.)

Er sah sie wieder vor sich – er konnte sie riechen – und ihre Tränen, wie sie sich das erste Mal mit ihrem Mund dem seinen genähert hatte. Herr Flieg seufzte. Es war wie in einem Film. Kitschig, unglaublich und wunderschön.

Trotzdem war es gut, dass er heim zu seinen Tauben musste. Sie würden bereits ungeduldig sein, vielleicht sogar ängstlich, denn sie waren es nicht gewohnt, dass ihr Tagesablauf nicht eingehalten wurde. Warum auch? Egon Flieg war immer zu Hause gewesen. So viele Dinge hatten sich plötzlich geändert. Herr Flieg war fortgegangen, um seinen Kopf klar zu bekommen, und kehrte verwirrter zurück denn je.

In der Außenvoliere war alles in Ordnung. Er würde sich bald zwei der schönsten Grauastrilde aussuchen, um mit ihnen in Brutvorbereitung zu gehen. Das hatte er schon lange nicht mehr gemacht. Bevor er auf den Dachboden ging, lugte er noch vorsichtig über den Gartenzaun. Alles ruhig. Das Gras war schon recht hoch in Wilferts Garten, aber nun wusste Herr Flieg ja wieso. Er schüttelte den Kopf.

Unglaublich eigentlich, die ganze Geschichte.

Annegret geht in sich und findet dort nichts Gescheites

»Das ist unglaublich«, war auch so ungefähr Annegrets erster Gedanke, als sie am nächsten Morgen erwachte. Sie ging aufs Klo und dann ins Bad, um sich beim Haarbürsten über ihre Gedanken klar zu werden. Hundert Bürstenstriche mit ihrer Wildschweinborstenbürste jeden Morgen, bei der Haarpflege war sie ganz alte Schule. Anschließend behandelte sie ihren ganzen Körper mit einer anderen Bürste. Sie liebte es, sich trocken zu bürsten. Danach erst war sie immer richtig munter, stellte sich unter die Dusche und ließ sich von Olga ein Frühstück bereiten.

Doch nach Frühstück war Annegret heute Morgen nicht. Sie hätte mit Egon nicht ins Bett gehen dürfen. Das war nicht okay gewesen. Erstens, weil ihr Mann noch gar nicht so lange tot war. Zweitens, weil sie nicht auf Egon stand. Sie mochte ihn, und irgendwie weckte er lang verschüttet geglaubte mütterliche Gefühle in ihr. Aber mehr nicht. Und so wie er auf sie reagiert hatte, hatte er schon lang keine Frau mehr gehabt: diese Dankbarkeit, die in jeder seiner Gesten zum Ausdruck kam. Annegret hatte so etwas schon erlebt. Die dankbaren Männer wurde man nicht mehr los.

Und sie hatte keine Lust drauf, schon wieder irgendjemanden nicht mehr loswerden zu können.

Die gute Jutta Balleis

Am nächsten Morgen gab es ein grandioses Frühstück für Wilfert. Es war, als wollte Andrea an ihm mit Frühstück gut machen, was sie an Zärtlichkeit hatte vermissen lassen. Sie schien ihm kaum in die Augen blicken zu können, als er ihr endlich gegenübersaß und voller schlechtem Gewissen (weshalb eigentlich? Da bist du dir jetzt nicht so sicher, Wilfert, oder?) an seinem Salamisemmerl knabberte. Wilfert hatte Mordshunger. Und Andrea hatte aufgetischt: ein weiches Ei, nein, zwei weiche Eier (die besten, die Wilfert jemals gegessen hatte. Die zugehörigen Hühner wurden vermutlich mit Kürbiskernöl gemästet), Wurst und Weinkäse, Schinken, frisches Gebäck, eine anscheinend frischgebackene Nusspotitze, von Andrea selbst gemachte Marmeladen in zierlichen Gläsern, Pasteten, hausgemachtes Brot, eingelegte Dinge aller Art und weiß der Himmel was noch. Natürlich würden die beiden diese Menge niemals essen können.

Für Wilfert alleine war es schlicht zu viel, hinzu kam, dass Andrea kaum aß. Sie knabberte bloß an einer Brotrinde und starrte vor sich hin. Wilfert schlürfte an seinem Kaffee und versuchte, an etwas Angenehmes zu denken, zum Beispiel daran, wie sie in der Nacht zuvor schweigend Liebe gemacht hatten.

Er dachte bewusst nicht an die vermaledeite Familie Balleis, weil er nicht genau wusste, wie er sich auf sie vorbereiten sollte. Weil er nicht wusste, was Andrea mit den Leuten dort verband. Weil er nicht wusste, was Uwe Becker dazu getrieben hatte, an einem saublöden Unfall zu sterben. Weil er, zum Teufel noch einmal, gar nichts wusste.

Jana, die slowenische Köchin, räumte schließlich den Tisch leer. »Wir treffen uns um halb zwölf beim Auto. Einverstanden?« Endlich sah ihm Andrea in die Augen. Wilfert, nimm dich zurück. Wilfert nahm sich zurück und sagte nichts und fragte nichts und nickte nur sein Einverständnis.

Punkt halb zwölf stand Wilfert vor Andreas Auto. Sie kam auch gleich. So hatte Wilfert sie noch nie gesehen. Ihr Gesicht war sehr blass. Blaue Äderchen schimmerten aus den Ringen unter den Augen. Wilfert starrte sie fast ängstlich an und Andrea bemerkte das, als sie einstieg. Das erste Mal seit gefühlten dreißig Tagen musste sie endlich wieder einmal lachen. »Schau nicht so betroffen. Ich hab schon meine Gründe. Irgendwann erklär ich es dir vielleicht. Und jetzt hör zu: Bei den Balleis gibt es eine Mutter und einen Sohn. Der Vater Balleis ist schon länger tot. Die Mutter ist die Jutta und der Sohn heißt Wolf. Der hat in der Weinbauschule Silberberg gelernt. Als er damit fertig war, hat er eine Frau aus Gamlitz geheiratet und darauf geschaut, dass die ein Geld mitbringt.«

Wilfert schwieg, fasziniert von der Art, wie nonchalant Andrea die Sachverhalte zusammenfasste. Sie waren schon auf der Bundesstraße. Bald würden sie Richtung Weinstraße abbiegen. Wilfert wusste von den Beschreibungen Andreas ungefähr, wo die Balleis zu Hause waren.

»Eigentlich ist das ein Familienbetrieb. Oder auch nicht mehr. Ein kleines Imperium. Auch wenn die eigentlich nur zu dritt sind.«

Sie schwieg und bog ab. Eine Unterführung, ein Schild: »Weingut Balleis. 3 km«.

»Die Eltern Balleis haben schon vor vierzig Jahren oder so damit begonnen, rundherum die Weingärten aufzukaufen. Reich und geizig sind sie.«

Von den Reichen kannst du sparen lernen, sagte Wilferts Mutter in Wilferts Kopf.

»Und das haben sie an den Wolf weitergegeben. Es gibt jetzt auch schon ein paar Enkelkinder. Die werden wahrscheinlich auch Silberberg gehen und dann so weitermachen.« Mittlerweile schien Andrea Wilfert immerhin zuzutrauen, mit den lokalen Gegebenheiten soweit vertraut zu sein, dass sie ihm nicht mehr erläuterte, was Silberberg ist. Die berühmte Weinbauschule. Wilfert hatte auch schon mehrfach Wein von dort verkostet und war jedes Mal zufrieden gewesen. Zu mehr als zu sagen »schmeckt mir« oder »schmeckt mir nicht« reichte es aber sommeliertechnisch bei ihm noch nicht.

»Gegen die Eltern kann man eigentlich nichts sagen. Die haben sich halt hochgearbeitet. Obwohl es da auch so Geschichten gibt. Aber da muss man immer aufpassen.«

Wilfert nickte, schaute sie ab und zu demonstrativ von der Seite an, damit sie merkte, dass er ihr zuhörte, sagte aber nichts. Am besten ließ er sie reden, wenn sie schon einmal damit begonnen hatte. Er wusste zwar nicht genau, was sie meinte, aber alles war besser als ihr Schweigen.

»Der Wolf, der ist ein eigenes Kapitel. Sehr ehrgeizig. Der hat investiert und ausgebaut, investiert und ausgebaut. Ich glaub, da oben gehört jetzt eh schon alles ihm. Dauernd im *Leibnitz aktuell* (Wilfert, das kennst du, da hast du doch diesen Bericht gelesen. »Topqualität des steirischen Weines« oder so ähnlich) oder in *Steiermark heute.* In Spielfeld mag ihn keiner.« Den letzten Satz sprach sie mit einem so stark gefärbten steirischen Zungenschlag aus, dass Wilfert kurz den Eindruck hatte, sie spucke aus. »Und jetzt sind wir da.«

»Buschenschank Weingut Balleis« stand auf einem riesigen Schild vor der Einfahrt zu lesen. »Geöffnet täglich ab 14 Uhr.« Andrea fuhr auf einen kleinen Parkplatz rechts der Straße, die schnurstracks weiter und bergan führte. Das Anwesen selbst war durch die Straße geteilt. Irgendwo musste es ein »Vorsicht Hofdurchfahrt«-Schild geben, aber Wilfert hatte nicht darauf geachtet. Andrea stieg aus und sah sich zweifelnd um.

Es war Donnerstagvormittag und Anfang Oktober. Die Weinlese war noch im Gange und die Städter mit den fetten Autos würden sich erst am Wochenende wieder über die Weinstraße wälzen. Die Touristen, die unter der Woche hier in der Gegend waren, bestanden im Moment aus vornehmlich bundesdeutschen Pensionisten. Und die waren schon mit ihren Nordic-Walking-Stecken unterwegs. Es war tatsächlich gerade sehr ruhig hier am Hof.

»Komm«, sagte Andrea, nahm ihn an der Hand und versuchte zu lächeln: »Da drüben ist die Kellerei.«

»Glaubst du, kann ich da mal einen Blick reinwerfen?«

»Ich glaube schon.«

»Andrea, das ist wirklich ganz... Ich weiß, dass du nicht so gerne da bist.«

»Das stimmt allerdings.« Sie lächelte verzagt.

»Andrea?«, rief eine Frauenstimme von der anderen Straßenseite.

Andreas Lächeln war weg. Sie drehte sich langsam um.

»Jutta. Guten Morgen!«

Die Frau namens Jutta kam, so schnell sie konnte, näher. Sie war offensichtlich gehbehindert und ging an einem Stock. Als sie dann vor den beiden stand, sah Wilfert, dass sie außerdem schon sehr betagt sein dürfte. Dafür war sie dann trotz Stock erstaunlich gut bei Fuß.

»Grüß Gott«, sagte Wilfert, aber Jutta beachtete ihn gar nicht und umarmte Andrea hingebungsvoll. Die ließ es über sich ergehen.

»Mei, das ist eine Überraschung, dass du einmal kommst. Das ist jetzt schon so lange her. Ich freu mich so. Dass du gar nicht mehr kommst. Mei, wie schön. Ich hab grad Brot gebacken. Und einen Leberaufstrich hab ich auch grad fertig. Kommts mit hinein, gell?« Endlich ließ sie Andrea los.

»Mei, und wen haben wir denn da? Grüß Gott, grüß Gott, ich bin die Balleis Jutta!«

»Grüß Gott!«, sagte Wilfert. Er fand die Frau, die vor ihm stand, ungemein sympathisch. Bloß war das nicht das Gefühl, mit dem er gerechnet hatte. Nach all der negativen Energie, die Andrea ausgestrahlt hatte, wenn die Sprache auf die Balleisschen gekommen war, hatte er mit allem gerechnet, einem Drachen, einem eiskalten Engel, einer herrschsüchtigen Alten, aber nicht mit geballter redseliger Gastfreundschaft. Altmutter Balleis sprühte vor Energie und Lebensfreude. Lachfältchen umtanzten ihre Augen und ihre Haare hatte sie zu einer antiquierten, aber an ihr nachgerade kokett wirkenden Hochsteckfrisur gebunden.

»Jutta, ich weiß wirklich nicht…«

»Ach, kommts einfach mit rein. Ich bin ganz allein. Nur die Mojca ist da.«

Offensichtlich gab es hierzulande in jedem Haus mindestens eine slowenische Köchin.

Andrea sah Wilfert zweifelnd an. Wilfert sah zweifelnd zurück. Es würde ungemein schwer sein, Frau Jutta etwas abzuschlagen. Das müsste schon Andrea selbst tun. Schließlich zuckte sie mit den Schultern und sagte: »Na gut. Aber nur kurz.«

»Mei, das ist schön. Kommts nur mit, kommts nur mit.«

Und alle gingen ganz langsam, so wie man eben geht, wenn man schon ein bisschen älter und auf den Stock angewiesen ist, in das Haus der Familie Balleis.

Drinnen bugsierte Jutta Balleis die beiden auf eine gemütliche, alte, nicht ganz saubere Eckbank. Dass sich zumindest einer der Besucher nicht ganz wohl fühlte, das schien sie gar nicht zu bemerken. In der Küche war es sehr warm. »Die Hitze kommt vom Brotbacken«, erklärte Jutta. »Mojca? Ist das Brot schon zum Aufschneiden?«

»Muss schon gehen«, antwortete eine raue Frauenstimme aus dem Nebenraum. Wilfert hörte Bügelgeräusche.

»Was wollts denn trinken. Einen Wein? Einen Saft?«

»Einen Saft bitte. Ich muss fahren.«

»Mei, wir haben ganz einen frischen Traubensaft. So etwas haben Sie sicher überhaupt noch nie getrunken.« Den letzten Satz hatte sie zu Wilfert gesagt.

»Wahrscheinlich nicht.« Es half nichts, er musste diese Paradeoma einfach anlächeln.

Jutta Balleis ging in die gleich an die Küche angrenzende Speis, rumorte dort herum und kam mit einer Flasche Traubensaft und einem riesigen, mehlbestäubten Laib Brot wieder. Das Brot duftete so stark, dass Wilfert trotz seines ausgiebigen Frühstücks das Wasser im Munde zusammenlief.

»Wart, Jutta, ich helf dir. Ich kenn mich ja eh ein bisschen aus.« Andrea stand auf. Wilfert kam aus dem Staunen nicht mehr heraus. Andrea holte drei Gläser aus der Kredenz neben dem Esstisch, drei Holzbretter von der Anrichte und drei Jausenmesser aus einer Lade unter dem Tisch.

»Mei, das ist lieb. Mojca, bringst du den Leberaufstrich?«

Keine Antwort.

»Der ist nämlich draußen auf der Terrasse zum Abkühlen. Mein Leberaufstrich ist berühmt. So etwas haben Sie sicher noch nie gegessen.«

»Sie sind sehr gastfreundlich!« Wilfert war berückt von der alten Dame.

»Mei, aber natürlich! Andrea ist doch wie eine Tochter zu uns. Wie ich mich freu, dass du wieder einmal hergefunden hast!«

Sie setzte sich an den Tisch und begann, das Brot zu schneiden. Jedem legte sie eine ungleich breite, aber liebevoll geschnittene Scheibe auf das Brett. Mojca brachte den mit einem weißen Leinentuch bedeckten Leberaufstrich herein. Sie nickte Wilfert kurz zu.

»Willst du auch jausnen?«, fragte Andrea Mojca. Offensichtlich kannten sich die zwei auch schon von früher und offensichtlich waren sie per du, aber das konnte auch gar nichts zu bedeuten haben. In der Südsteiermark war man da nicht so.

»Ich hab schon.« Und weg war sie wieder. Sie schien das Gleichgewicht der Gastfreundlichkeit in diesem Haus aufrecht zu erhalten, was Jutta Balleis zu viel gab, nahm sie wieder weg.

Jutta Balleis gab allen eine tüchtige Portion Leberaufstrich auf das Brett und begann erst zu essen, als Wilfert und Andrea in die erwartbaren »Aaaahs« und »Mmmms« ausgebrochen waren. Wilfert schmeckte es wirklich. Der Leberaufstrich schmeckte so ganz anders als alles, was er jemals gegessen hatte (also anders als Streichwurst vom Hofer). Und der frischgepresste Traubensaft, ja, da hatte Großmütterchen Balleis recht gehabt. So etwas hatte er wirklich noch nie getrunken. Es war eine Geschmacksexplosion, nein, es war ein Gaumenorgasmus.

»Jetzt sag aber einmal«, hub Jutta Balleis an zu sprechen, »warum hast du dich denn gar nicht mehr anschauen lassen?«

Andrea legt das Brot aufs Brett und starrte Jutta fassungslos an. Wilfert hätte gerne gewusst, was in ihrem Kopf vorging.

»Ich weiß eh, das war alles schwierig für dich.«

Andrea wusste sich anscheinend nicht anders zu helfen, als das Gespräch abrupt in eine andere Richtung zu lenken.

»Wo sind denn deine Leut?«

»Weißt eh, Leszeit ist.«

»Ah ja. Viel zu tun, wie immer.«

»Mei, kannst dir eh vorstellen. So ein gutes Jahr haben wir wieder gehabt! Der Wolf ist nur mehr unterwegs. Die Enkerl helfen auch mit. Schad, dass ich nicht mehr lesen kann.«

»Jutta, du bist eh dein ganzes Leben im Riegel gestanden!«

»Das ist wohl wahr. Jetzt richt ich ihnen halt dafür das Essen. In zwei Stunden ist es eh wieder soweit.«

Andrea lächelte fast ein wenig. Es war offensichtlich ein strategisches Lächeln. »Warum wir eigentlich hier sind…«, begann sie, da betrat Mojca den Raum.

»Jetzt hab ich doch Lust auf Jause«, erklärte sie, holte sich ein Glas und setzte sich an den Tisch.

Andrea nickte. »Warum wir eigentlich da sind, der Wilfert ist ein Freund von der Frau Becker. Der Wilfert will wissen…«, sie stockte und sah ihn an.

»Ich will wissen, ob es noch irgendetwas zu wissen gibt«, führte er aus.

Wilfert, du rhetorisches Wunder vor dem Herrn.

»Ich meine«, bloß nicht stottern jetzt, »ich meine, die Annegret, seine Frau, die hat mich geschickt, weil sie selbst nicht die Kraft hat herzukommen. Sie will wissen, wie es passiert ist. Wie das genau passiert ist.«

Schweigen. Jetzt sagte Jutta Balleis einmal nichts.

»Mei«, hub sie dann aber doch zu sprechen an, »mei.« Aber dabei blieb es.

Mojca sprang ein.

»Getrunken gehabt hat er was. Ausgerutscht ist er, in der Press. Direkt in eine Lacke. Eine Stunde später Wolf hat ihn gefunden.«

»Ja furchtbar war das. Der arme Wolf«, seufzte Jutta.

»Der arme Herr Becker!«, fügte Andrea vorwurfsvoll hinzu.

Wilfert überlegte. »Uwe Becker war ein guter Kellermeister, oder? Hat er euch noch was beibringen können? Ich mein, ihr seid doch gestandene Weinbauern!«

»Ja sicher. Mein Wolf ist doch Silberberg gegangen, und wie viele Auszeichnungen unsere Weine schon bekommen haben. Mei. Wenns nach mir gegangen wäre, hätten wir keinen extra Kellermeister mehr gebraucht.«

»Aber warum war er denn dann hier?«, fragte Andrea.

»Mei, der Wolf hat sich das halt eingebildet. Er hat geglaubt, er bekommt dann noch bessere Kontakte. Dass er den Wein halt überallhin verkaufen kann. So international.« Jutta Balleis seufzte, dann schien sie eine gute Idee zu haben. »Wollts ihr vielleicht noch eine Mehlspeis?«

Wilfert verkniff sich ein Stöhnen und sagte dann brav: »Ja, bitte!«

»Ich hol schon.« Die mürrische Mojca bewegte sich wieder Richtung Speis.

»Buchteln gibts.« Und sie brachte eine Mehlspeise an den Tisch, von der Wilfert, hätte er sie nicht mit eigenen Augen gesehen, nicht geglaubt hätte, dass es so etwas gibt. Eine einzige Buchtel war ungefähr so groß wie ein Sulmtaler Hendl. Und Mojca brachte ein ganzes Blech davon. Sie beförderte mittels eines Messers eine der Hendlbuchteln auf einen kleinen Teller, den sie vor Wilfert hinstellte. Der unterdrückte ein erneutes Stöhnen. Hier wurde ihm eindeutig der Mund gestopft.

Aber einen Versuch musste er noch machen. »Glauben Sie, ich könnte den Keller einmal anschauen? Ich hab so etwas noch nie gesehen. Von innen.«

»Aber sicher. Wenn der Wolf kommt, kann er Ihnen…«, aber Andrea unterbrach sie: »Jutta, solange können wir nicht warten. Das tut mir sehr leid. Wilfert muss zum Bahnhof. Kannst du ihm nicht aufsperren?«

Jutta Balleis war anscheinend nicht begeistert. Vielleicht war ihr eine Führung auch einfach zu beschwerlich. Aber sie nickte.

»Sie meinen aber gar nicht den Keller, gell? Sie meinen das Presshaus. In der Press ist es passiert.«

Als Wilfert die Buchtel endlich in sich hineinverstaut hatte (und Jahre später würde er immer noch von dieser Buchtel erzählen, seinen Kindern und Enkelkindern würde er noch von dieser Buchtel erzählen, von der vermutlich selbst gemachten Marillenmarmelade mit leichtem Rumakzent innendrin, von der sanften Staubzuckerbestreuung und von der Tatsache, dass er sie eine halbe Stunde später auf einem Parkplatz irgendwo zwischen den Maisäckern wieder hervorgewürgt hatte, und das ganze restliche Essen des frugalen Vormittages auch – es war einfach zu viel gewesen), wackelte Jutta Balleis voran aus der Küche, über den Hof, an Wirtschaftsgebäuden und einer sehr neumodern wirkenden Weinverkaufsstelle vorbei über den asphaltierten Hof.

Die Presse selbst war für Wilfert eine Offenbarung. Er hatte tatsächlich gedacht, dass ein modernes Presshaus noch ein bisschen so aussah wie diese reizenden Pressbaumkonstruktionen aus morschem Holz, die ausgeschlachtet in der Gegend herumstanden, damit sie, also die Gegend, noch uriger wirkte. Das hier war Hightech. Riesige silberne Röhren standen aneinandergereiht und überall blinkten kleine Lichter und zischten kleine Geräte, man fühlte sich wie auf einer Frühgeborenenstation. »Nirosta«, erklärte Andrea und nickte in Richtung der Röhren. »Aha«, machte Wilfert. Messgeräte und Anzeigetafeln. Wer sich hiermit auskannte, musste wohl mindestens Ingenieur sein.

Jutta Balleis hatte Wilferts Blick bemerkt. Andrea hielt sich im Hintergrund.

»Mei, das ist alles nicht so kompliziert, glaub ich. Aber anders als zu meinen Zeiten ist es halt schon.«

Wilfert glaubte, eine gewisse Traurigkeit in ihrer Stimme zu hören.

»Früher war das immer ein Fest, wenn wir gepresst haben. Aber heut...« Sie sprach den Satz nicht fertig.

Wilfert wollte nicht, dass Oma Balleis traurig war. »Wo ist es denn passiert?«, fragte er und fügte unnötigerweise hinzu: »Und dann sind wir eh schon fertig.«

»Da hinten. Vor der Tankpresse.« Wilfert sah sich die Tankpresse an. Sie war ein schlichtes, rechteckiges Metallding. Er hatte überhaupt keine Lust mehr, sich alles zu erklären lassen. Irgendwie wollte er nur mehr raus. Nach Hause. In Andreas Bett. Dass hier nichts mehr auf den Unfall hindeuten würde, war ihm ja schon vor diesem Besuch klar gewesen.

Trotzdem. Er hatte einen Auftrag zu erfüllen. Fast widerwillig zog er sein fotografierendes Handy heraus und machte ein paar verwackelte Fotos. »Die Polizei hat sich wahrscheinlich alles angeschaut, nicht?«

»Ja, die war da, aber es war alles in Ordnung. Ich mein, es war kein Fremdverschulden. Mei.«

»Ich glaube, wir sind hier fertig. Und ich muss jetzt wirklich ins Gasthaus zurück. Wilfert?«

Andrea war anscheinend auch am Ende ihrer Geduld.

»Sicherlich. Frau Jutta, Sie waren sehr gastfreundlich. Ich danke Ihnen vielmals.« Wilfert reichte Jutta Balleis die Hand.

»Mei, ich hab mich ja auch gefreut. Hoffentlich hab ich Ihnen helfen können!«

»Servus, Jutta!« Andrea küsste Frau Balleis auf beide Wangen. Und ging schnellen Schrittes zum Auto.

Als sie dann den Berg wieder hinunter Richtung Ortskern fuhren, kam ihnen ein schnelles, rotes Auto entgegen. Es war ein Lamborghini. Der Fahrer wich Andrea kein bisschen aus, sie war gezwungen, ein wenig den Schotter entlangzuradieren.

»Scheiße!«, fluchte sie leise. Wilfert sah, dass sie hektischrote Flecken auf den Wangen hatte.

Egon Flieg geht in sich

Egon Flieg lag auf seinem Bett und starrte durch das geschlossene Fenster. Draußen gewitterte es. Er versuchte, die Blitze mit seinen Blicken einzufangen. In den meisten Fällen blickte er in die falsche Richtung, in die Richtung, in der es gerade nicht blitzte. Schön war es trotzdem. Egon Flieg lag auf seinem Bett, zählte Blitze und war verliebt.

Er war schon in der Minute verliebt gewesen, als Annegret ihn in ihr (sein) Haus gebeten hatte. Aber das war ihm nicht gleich klar gewesen.

Er dachte an ihr schönes Haar und die angedeutete Schiefheit ihrer Nase. Die muskulösen, aber schlanken Beine. Hoffentlich liebte sie ihn auch ein bisschen zurück! Die Crux an der Geschichte war nämlich, dass Egon Flieg keine Ahnung hatte, was Annegret so fühlte. Er war viel zu ängstlich, um sie einfach zu fragen. Sein Herz explodierte fast, wenn sie ihn anrief, und hatten sie dann ein Treffen vereinbart, setzten sofort alle klassischen Anzeichen von Liebesaufregung bei ihm ein. Dünnschiss, Schwindel und so weiter.

Außerdem waren alle seine Pläne beim Teufel. Zum Beispiel sein Hauptplan, das Haus seiner Kindheit wieder zu ergattern. Egon Flieg lag auf seinem Bett und rekapitulierte.

Das war schon eine ganz gute und ziemlich undurchschaubare Idee gewesen. Zuerst hatte Egon Flieg es sich in seinem neu erstandenen kleinen Häuschen bequem gemacht. Er hatte es eingerichtet, bezogen, gewartet und geschwiegen. Nebenbei hatte er sein Gefühlsleben wieder in

Ordnung gebracht, jeden Abend in den farbenprächtigsten Szenarien seine Mordgelüste an Exfrau und Musiker durchphantasiert und auf diese Weise sich und sein Seelenleben wieder halbwegs in Einklang miteinander gebracht. Nach drei oder vier Monaten hatte er seine Nasenspitze wieder ins Freie gereckt und festgestellt, dass die Welt noch immer nicht untergegangen war. Alles lebte noch, kreuchte und fleuchte. Alle Menschen hatten immer noch große Wünsche und liefen ihnen hinterher und lebten davon.

Herr Flieg hatte auch einen großen Wunsch. Er hatte in diesen letzten Monaten angenommen, sein größter Wunsch sei es, es seiner Exfrau heimzuzahlen, aber indem er sie aller seiner restlichen Finanzen beraubt hatte, indem er ihr verwehrte hatte, aus ihm noch mehr herauszuquetschen, hatte er diesen Wunsch getilgt. Er hatte keine Lust, sich in Rachephantasien aufzulösen, wie ein Haufen Sand in einer Welle. Er wollte mit ihr nichts mehr zu tun haben. Egon Flieg wollte wieder ein bisschen leben.

Es hatte ein wenig gedauert, bis er dahinter gekommen war, dass er noch etwas anderes wollte. Das war ein richtiger, umfassender und kaum erfüllbarer Wunsch, ein Drang, der, sobald er sich über ihn klar geworden war, immer stärker und stärker wurde. Ins Haus zurück. In das Haus, in dem er so überaus glücklich gewesen war.

Nichts geht über eine glückliche Kindheit.

So hatte er begonnen, sein Haus (und in Gedanken war es immer sein Haus, würde es immer bleiben) heimzusuchen. Registrierte, dass mit Annegret (damals hatte er ihren Namen noch nicht gekannt) ein bleibender Bewohner eingekehrt war, der am Drumherum nicht viel veränderte und trotzdem dafür sorgte, dass es wieder ein wenig einladender und wohnlicher wirkte. Egon Flieg registrierte auch, dass sie einen Mann hatte, der nicht oft da zu sein schien. Zusätzlich fiel ihm schnell auf, dass mit der Frau irgendetwas nicht stimmte. Eine kleine Unsicherheit umgab sie, und nicht und nicht gelang es ihm, dieser Unsicherheit einen Namen zu geben.

Als Herr Flieg von einem seiner Spaziergänge nach Hause zurückkehrte, sah er im Straßengraben eine verletzte Taube. Er wollte erst an ihr vorübergehen (die Natur würde sich um die verletzte Taube kümmern, dachte er), hielt aber dann doch inne. Er hatte einen Ring an ihrem Bein entdeckt. Die Taube war natürlich nicht erfreut, dass Egon Flieg sie mitnehmen wollte. Sie war allerdings so erschöpft, dass sie, nach einigen nutzlosen Versuchen wegzuhoppeln, die Augen schloss und sich ihrem Schicksal ergab. Das war Herrn Fliegs erster Kontakt mit einer Brieftaube. Nur wusste er das noch nicht, als er das zitternde Tier vorsichtig in beiden Händen haltend nach Hause trug.

Die Taube Amalie

Zu Hause erkannte Herr Flieg schnell, dass die Fundtaube nicht einfach so von selbst gesund werden würde. Ihr linkes Bein hatte geblutet, da waren verklebte Federn, und es stand in einem ungesunden Winkel vom Körper ab.

Egon Flieg wusste nicht, wo der nächste Tierarzt seine Ordination hatte, aber das fand er schnell heraus. Genauso wie, dass man jede gefundene Brieftaube beim nächsten Brieftaubenzuchtverein melden sollte und dass viele Züchter keine Lust hatten, eine verletzte Taube zurückzunehmen, auch wenn es ihre eigene war. Das alles ergab eine schnelle Internetrecherche. Die Tauben wurden, so schien es, auf Hochleistung gezüchtet, und wenn sie erst einmal ausgepowert waren, war das Interesse der Besitzer an ihren Tieren nicht mehr sehr groß.

Egon Flieg nahm also die Taube und brachte sie zum nächsten Tierarzt. Der musste, um das Bein fachgerecht zu schienen, den Ring entfernen. Die Schiene, so sagte er, müsse von der Taube vier bis fünf Tage getragen werden, dann solle Herr Flieg sie vorsichtig entfernen. Eine Kontrolle sei nur bei Komplikationen vonnöten. Herr Flieg gewann den Eindruck, dass Tauben nicht wirklich zu des Tierarztes bevorzugten Patienten zählten. Er schien sehr erleichtert, als Herr Flieg sie wieder nach Hause mitnahm. Die Taube hatte sich inzwischen ihrerseits schon ein wenig an Herrn Flieg gewöhnt und brach nicht mehr ins große Zittern aus, wenn er sie berührte. Auch mit ihrer Beinschiene kam sie ganz gut zurecht. Sie erfreute sich an den Haferflocken und dem Futter, das der Tierarzt ihnen mitgegeben hatte, kostenlose Probepackungen einer Vogelnahrungsfirma. Und als die Taube Herrn Flieg am nächsten Morgen bei der Schienenkontrolle vertrauensvoll auf den Unterarm stieg, fasste dieser einen Entschluss. Die Taube würde seine neue Mitbewohnerin werden. Sie würde ihm bei seinen Plänen helfen. Er nannte sie Amalie.

Das war der Einstieg Herrn Fliegs in die Vogelliebe. Er schloss sich mit einigen Zuchtvereinen kurz, hielt den Kontakt aber niemals lange aufrecht, sondern beendete ihn wieder, sobald er sich das benötigte Wissen angeeignet hatte. Trotz seiner Zwiespältigkeit dem Zuchtbetrieb gegenüber nahm er sogar an ein paar Wettbewerben teil. Neben den Brieftauben im Dachgeschoss begann er mit der aufwändigen Zucht seiner Dominikanerwitwen und kapselte sich ansonsten so weit wie möglich von der Außenwelt ab. Und wie das so mit der Außenwelt ist: Die hielt ihn zwar für ein wenig schrullig, aber weil sich schnell herumsprach, wie liebevoll Herr Flieg mit seinen Vögeln umging, dachten sich die Nachbarn weiter nicht viel und ließen ihn in Ruhe. Denn wer zu seinen Tieren lieb ist, muss auch zu den Menschen lieb sein, so dachten sie. Herr Flieg aber unternahm seine Spaziergänge zum Haus seiner Jugend und Träume und observierte die Beckers, ohne dass sie es bemerkten.

Kurze Zeit später kehrte seine Miss Vienna von ihrem Flug nicht mehr zurück. Herr Flieg hatte Miss Vienna zwar wie alle seine anderen Vögel aus reinem Herzen geliebt, aber seine absolute Favoritin war Amalie geworden und geblieben. Sein erster Vogel. Amalie hatte sich mitsamt ihrem geheilten Taubenbein in ein wunderschönes Tier verwandelt. Herr Flieg und Amalie, das war wahre Liebe.

Als Herr Flieg Amalie beibrachte, jeden Abend auswärts zu essen, lernte sie das in so kurzer Zeit, dass er es gar nicht glauben konnte. Und als er Amalie das erste Mal vor dem Auswärtsdinner eine Mikrokamera am Bein befestigte, sah sie ihn nur kurz groß an und tat dann so, als wäre das das Selbstverständlichste der Welt. Herr Flieg war sehr glücklich mit Amalie. Oft tagträumte er sich in eine Märchenwelt, in der Prinzen ihre Tauben küssen, um aus ihnen Prinzessinnen zu machen.

Amalie flog jeden Abend fort und kehrte ein, zwei Stunden später wieder zurück. Der Abend war wichtig, denn abends war Uwe Becker da. Wenn er da war. Tagsüber war es bei Beckers nur halb so spannend, und Herr Flieg hatte sich angewöhnt, am Vormittag die abendlichen Köder auszulegen.

Der Vormittag ist in einer Seitenstraße einer Ortschaft die beste Zeit, um Ungewöhnliches zu verrichten. Am Vormittag sind die Kinder in der Schule und die Muttis beim Einkauf. Die Väter sind bei ihren Geliebten und die Geliebten haben sich freigenommen. Die Vormittage in einer Seitenstraße einer Ortschaft eignen sich bestens für Einbrüche oder Besuche falscher Neffen bei Überneunzigjährigen. An den Vormittagen in einer Seitenstraße einer Ortschaft offenbart sich der Wolf im Mensch dem Menschen, und der Wolf will nichts sehen, nichts hören und nichts sagen. Das hätte Egon Flieg vielleicht nicht ganz so pathetisch ausgedrückt, aber weil er hier aufgewachsen war, wusste er über die kleinen Mechanismen dieser Seitenstraßen Bescheid. Er wusste auch, dass Annegret vormittags unterwegs zu ausgedehnten Einkäufen war. Uwe Becker übernachtete sowieso nur sporadisch hier, und wenn er übernachtete, dann war er am darauffolgenden Morgen bald wieder weg.

So schlich sich Egon Flieg jeden Vormittag über die hintere Zufahrt in Richtung des Nussbaums und war jedes Mal sehr froh, dass der so groß war, wie er nun mal war. Das war sein Nussbaum, jeden Ast kannte er seit Kindheit an und Hochklettern war eine einzige, lang eingeübte Bewegung. Er musste nicht eine Sekunde nachdenken und kaum hatte er den Köder, Amalies Galadinner, in der Höhle der Astgabel platziert, war er auch schon wieder unten. Kein einziges Mal fiel einem der Nachbarn etwas Verdächtiges auf – weil sie Herrn Flieg nicht sehen konnten oder wollten.

Die Mikrokamera lieferte, um bei der Wahrheit zu bleiben, keine gestochen scharfen Bilder.

Aber, und das war fast viel wichtiger, sie arbeitete mit Bild und Ton. Das bedeutete, dass zumindest in heißen Sommernächten, wenn alle Fenster offen standen, ein bisschen was zu hören gewesen wäre. Wäre, denn, nun ja, ein Mikrofon an einer Kamera an einem Taubenbein liefert in allererster Linie einmal Geräusche eines Taubenbeins. Wie es scharrt und wie es putzt. Die Taube selbst ist ja auch nicht gerade leise.

Die Idee, Gesprächsfetzen, ja vielleicht gar Hinweise auf ein drohendes Zerwürfnis zwischen Annegret und Uwe mithören zu können, musste Herr Flieg bald wieder vergessen. Den Masterplan vergaß er nicht. Er würde auf besagtes Zerwürfnis warten und dann zur Stelle sein, im rechten Augenblick! Was dann sein würde, das wusste Egon Flieg noch nicht so genau. Aber das machte nichts. Er verfolgte die Politik der kleinen Schritte. Um damit war er eigentlich immer ganz gut gefahren.

So kam es, dass Egon Flieg bereits ein weitaus gefinkelterer Privatdetektiv war, als Wilfert noch seine schlechtbezahlten »Gedanken eines echten Schriftstellers« schrieb.

Das hässlichste Regal der Welt

Auf dem Heimweg, die hektisch-roten Flecken auf Andreas Wangen waren bereits wieder verblasst, fuhr Andrea einen kleinen Umweg.

»Ich zeig dir noch schnell was. Das musst du gesehen haben.«

Sie fuhr nicht Richtung Ortskern (Siegessäule), sondern blieb auf der Bundesstraße. Auch an Straß fuhr sie vorbei. Irgendwo bog sie dann ab (»Das ist Vogau«) und fuhr dann, so schien es zumindest Wilfert, inmitten von Äckern rechts ran. Sie hielt auf dem Parkplatz eines Bürogebäudes. »Steig aus«, forderte sie Wilfert auf, und Wilfert stieg aus. Dann sah er es. Inmitten der Äcker.

»Das ist das Genussregal«, kommentierte Andrea trocken. Es war wirklich ein Regal. Ein überdimensioniertes, hässliches Regal aus Metall. Darin Container in Originalgröße. Was es mit Genuss zu tun hatte, war nicht auf den ersten Blick ersichtlich. Es war zumindest, was den ästhetischen Genuss anging, eine ziemliche Faust aufs Auge. Wilfert musste an das wackelige Stahlregal denken, dass er sich vor ein paar Wochen beim Ikea bestellt hatte. »Muss an der Wand befestigt werden«, war auf der Anleitung gestanden. Er hatte es natürlich nicht an der Wand befestigt, weil er des Dübelns nicht mächtig war, und am dritten Tag war es samt den zwei Blumentöpfen, die er besaß, zusammengekracht.

»Ziemlich hässlich«, sagte Wilfert und Andrea nickte nur. Sie lächelte sogar wieder ein bisschen: »Schau mal dort, das aufgeblasene Schwein!«

Ein aufgeblasenes Plastikschwein schien aus einem der Container entfleuchen zu wollen. Vermutlich diente es als Werbeschwein für eine Fleischerei oder Ähnliches. Andrea und Wilfert starrten fast ungläubig auf die Hässlichkeit des Konstrukts.

»Das müsste man eigentlich in die Luft sprengen«, murmelte Andrea.

»Wahnsinn. Müssen wir hierbleiben?«

»Ich dachte, ich zeig es dir. Man kann auch reingehen. Wein kaufen und so.«

»Danke. Ich hab genug gesehen. Jetzt könntest du mich küssen. Damit ich den Glauben an das Schöne nicht verliere!«

Andrea tat genau das.

Wilfert erfährt vielleicht Entscheidendes über die Mojca

Den Abend verbrachte Wilfert im Gastraum sitzend. Das würde für wer weiß wie lange das letzte Mal sein, dass er hier sitzen und eine Mischung trinken und Andrea beim Arbeiten betrachten konnte. Hans (oder Karl) war auch da. Hans (oder Karl) war gesprächig wie immer.

»Wie war es denn?«, fragte er Wilfert. Genau genommen fragte er: »Wiworsn?«

»Wie war was?«

»Wie war es bei den Balleis?«

Wilfert nahm einen kräftigen Schluck und wischte sich mit dem Handrücken über den Mund. Unglaublich, wie schnell hier alle alles wussten. Aber eigentlich, gestand er sich im gleichen Moment ein, war es bei ihm in der Siedlung in Wien nicht wirklich anders. Er antwortete zögerlich: »Ganz interessant.« Mal schauen, was noch kam.

»Haben Sie die Leut kennengelernt?«

»Die Jutta Balleis. Die hat uns eine Jause hingestellt. Und Frau Mojca.«

»Die Jutta…«, Hanskarl winkte Andrea und deutete ihr mit beiden Händen sein Begehr nach Nachfüllung, »… die Jutta ist eine Liebe.«

Dann schwieg er. Und wollte doch noch etwas sagen.

»Der Leberaufstrich!« Wilfert wusste nicht wirklich, wie er das Gespräch sonst wieder in Gang bringen sollte.

»Die Mojca macht den Leberaufstrich. Hast du mit der Mojca geredet?«

Hanskarl hatte ihn schon am ersten Abend geduzt.

»Sie hat sich ein bisschen zu uns gesetzt.«

»Die Mojca weiß ein bisschen. Ich mag die Mojca. Du weißt schon.« Hanskarl machte schon wieder etwas mit seinen Händen und Wilfert brauchte ein paar Momente, um zu erraten, was diese Geste bedeuten sollte.

»Aaah!«, sagte er dann, leicht peinlich berührt.

Wilfert, jetzt bist du aufgeregt. Zeig es nicht zu sehr. Bestell dir lieber noch eine Mischung.

»Schaut aber streng aus, die Mojca. Das hätt ich mir nicht gedacht.«

Hanskarl grinste unverhohlen, aber nicht unsympathisch. »Ich kenn sie schon lang. Sie hat früher auf unserem Hof gearbeitet. Aber da war noch nix.«

Wilfert hatte nicht einmal gewusst, dass Hanskarl einen Hof hatte. Irgendwie sah er nicht danach aus.

»Wie ich den Hof verkaufen hab müssen, ist die Mojca zu den Balleis.«

Deswegen saß Hanskarl also fast jeden Abend hier bei Andrea und trank Mischungen. Weil er seinen Hof hatte verkaufen müssen. So einfach, Wilfert, so einfach ist es manchmal am Land.

»Und ich soll mit der Mojca reden?«, fragte Wilfert vorsichtig.

»Weißt, die Mojca ist jetzt schon lange bei den Balleis. Sie ist die rechte Hand von der Jutta. Die Jutta ist ja schon alt. Und sie gehört zur Familie. Die Mojca nicht. Die weiß viel.«

»Das weißt du.«

»Das weiß ich«, sagte Hanskarl bestimmt. »Sie erzählt mir ein bissl was, manchmal.«

Die Mischung wurde eingeschenkt. Andrea grinste Wilfert frech zu, aber er glaubte nicht, dass sie zugehört hatte.

Sie grinste, weil sie auf dem Weg vom Genussregal zurück nach Spielfeld noch ein weiteres Mal stehen geblieben waren. Da hatte sie ihm noch etwas gezeigt und das war so schön gewesen, dass er das Genussregal in seiner ganzen Hässlichkeit gleich wieder vergessen hatte. Das Gasthaus war heute ziemlich voll. Halb Spielfeld schien nach Andreas berühmtem Gulasch zu lechzen. Und Wilfert lechzte nach Antworten. Das Problem war nur: Wien lechzte nach Wilfert. Und Ilonka lechzte mit.

Es hilft nichts: Wilfert muss nach Wien zurück

Am nächsten Tag fuhr Wilfert nach Wien. Andreas Augen schwammen ein bisschen, als sie sich am Bahnsteig verabschiedeten. Der Spielfelder Bahnhof war so trist und dunkel wie Wilferts Gemüt. Wilfert mochte den Bahnhof irgendwie, weil er gerade zu seiner Stimmung passte. Vom Bahnhof fühlte er sich verstanden.

»Ich komm ja bald wieder«, sagte er in einem fort und Andrea antwortete: »Das glaubst du ja selbst nicht!«

Dieser Dialog wiederholte sich einige Male, dann sagte zumindest Andrea nichts mehr, sondern versuchte nur mehr, nicht zu weinen. »Ich geh jetzt. Ich kann verabschieden nicht besonders gut.« Sie küsste ihn noch einmal ganz sanft auf die Nasenspitze und versuchte ein Lächeln. Dann war sie weg.

Wilfert stieg in die S5.

Ungefähr drei Stunden später war Wilfert in Wien und Wien war, wie es immer war. Es schien nicht einmal bemerkt zu haben, dass Wilfert so lange fort gewesen war, in einer ganz anderen Welt.

Natürlich holte ihn auch niemand vom Bahnsteig ab. Dafür wäre eigentlich auch nur Ilonka in Frage gekommen, aber so, wie die Dinge standen, war Wilfert ganz froh darüber, dass sie ihn nicht abholte, denn er hatte Angst vor ihr. Das merkte er und ärgerte sich darüber. Dann saß er schon in der U-Bahn. Alles ging so schnell, wenn man mal in Wien war.

In der Siedlung war alles ruhig. Egon schien nicht zu Hause zu sein, aber Wilfert hörte das vertraute Durcheinanderzwitschern seiner Vögel. Im Haus selbst roch es muffig. Es roch fast so wie in den Tagen, als seine Mutter noch gelebt hatte. Wilfert riss die Fenster auf und rauchte sich eine an. Erst da fiel ihm auf, dass er in Spielfeld kaum geraucht hatte. Vielleicht lag es an Andrea (die wirklich nur in absoluten Ausnahmezuständen rauchte), vielleicht lag es an der guten Luft zwischen den Weinbergen. Vielleicht lag es an Andrea, aber anders, als er dachte. Nicht dadurch war sein Kaumrauchen hervorgerufen worden, weil sie selbst nicht rauchte, sondern eher, weil er sich in ihrer Gegenwart so vollkommen rund fühlte, dass er das Bedürfnis, zu einer Zigarette zu greifen, nicht verspürte. Das war das erste Mal, dass Wilfert sich bewusst wurde, dass er Andrea haben wollte.

Er nahm noch einen tiefen Zug und dämpfte die Zigarette dann aus.

Im Garten sah es genauso aus, wie es halt aussieht, wenn man sich wochenlang nicht um ihn kümmert: wunderschön. Die Sonnenblumen hatten einen undurchdringlichen Sichtschutz zum anderen Nachbarn gebildet. Einige der Blüten hingen schwer, weil sie schon voller Kerne waren. Die Laube war überwuchert mit Weinblättern und Wilfert sah voller Wehmut, dass sich die Trauben schon verfärbt hatten. Bald würde in Spielfeld die Leszeit vorüber sein. Hier in Wien waren die Trauben erst jetzt reif. Ein anderer Boden. Eine andere Sonne.

Wilfert, du bist wirklich ein sentimentaler Trottel. Das schien sich auch Ilonka zu denken, die in genau diesem Moment anrief.

»Trottel«, herrschte sie ins Telefon, »bist du endlich wieder da?«

»Ja, Schatz«, antworte Wilfert.

Die Reaktion war unüberraschend. »Nenn mich bloß nicht Schatz. Ich bin nicht dein Schatz. Holst du jetzt die Kinder oder was?«

»Wann soll ich denn…?«

»Himmelherrgott noch einmal, jetzt sofort natürlich. Oder hast du keine Zeit? Brauchst du Urlaub? Hast lange genug Urlaub gehabt. Jetzt bin einmal ich dran mit…«

Wilfert legte auf und schwang seinen Hintern aus der Haustür.

Zwischenbefund: Alle Beteiligten übersehen Entscheidendes

Wilfert vergaß völlig auf Annegret. Er dachte nur mehr in Form eines schuldbewussten Hintergrundrauschens an ihren Fall und seinen Auftrag. Er dachte nämlich den ganzen Tag an Andrea.

Herr Flieg vergaß sein schlechtes Gewissen, und zwar, weil er einfach darauf vergaß, dass er eigentlich sein Haus zurückgewollt hatte, als er begonnen hatte, die Beckers zu überwachen. Stattdessen dachte er den lieben langen Tag über Annegret und seine Liebe zu ihr nach.

Darüber hinaus allerdings vergaß er auch, dass Amalie auf einen bestimmten Fressplatz konditioniert war. Herr Flieg schickte sie zwar jeden Abend los (sie soll fliegen!), aber dass sie dort beim Kastanienbaum nichts mehr finden würde, weil er selbst nichts mehr hinlegte, ja, das vergaß er einfach.

Annegret vergaß, dass sie ihren Mann einmal geliebt hatte. Der Fall würde sich schon von selbst lösen, und löste er sich nicht, dann würde sich zumindest am Endergebnis nichts ändern; er war tot. Was sie außerdem vergaß, war, die Gefühle des Mannes zu schonen, der sich gerade in sie verliebt hatte. Das wird sich schon von selbst lösen, dachte sie, und löste es sich nicht von selbst, dann würde das Endergebnis dasselbe bleiben; sie liebte ihn nicht wider. Annegret hatte andere Dinge zu tun und auf andere Dinge nicht zu vergessen.

Ilonka vergaß in der Freude darüber, endlich einmal Urlaub zu haben, darauf, Wilfert bis ans Ende ihrer Tage böse zu sein. Sie verliebte sich in eine algerische Thekenkraft und nahm sie mit nach Hause. Die algerische Thekenkraft hieß Maruan und meinte es wirklich gut mit Ilonka, obwohl die gesamte Großfamilie Barbawitsch Ilonka von dieser Verbindung abriet. Alles war gut und schön. Und Ilonka vergaß nicht darauf, eine kleine Wandlung in ihrem Leben durchzumachen und ein Spürchen weicher zu werden. Obendrein vergaß sie die Pille.

Andrea hingegen vergaß gar nichts. Sie würde auch niemals etwas vergessen.

Es war 16.35 Uhr, als Wilfert munter wurde. Er konnte doch höchstens ein paar Minuten geschlafen haben! Er saß am Boden, im Rücken die Hinterseite der Couch, und sabberte ein wenig in seinen Dreitagebart. Auf seinem linken Oberschenkel schlief Marin, daneben, den Arm um ein vollausgerüstetes Playmobilfeuerwehrauto gelegt, Nina. Das Telefon klingelte. Das hatte ihn aufgeweckt. Wahrscheinlich war das Ilonka. Sie hatte versprochen, sich gleich nach ihrer Rückkunft zu melden. Wo war nur das verdammte Handy?

»Hallo?«

»Hier ist Annegret.«

»Guten Morgen.«

»Es ist halb 5. Am Nachmittag.«

»Ich weiß. Meine Kinder. Wir haben Playmobil gespielt.«

»Schon gut. Das interessiert mich weniger. Ich möchte vorbeikommen. Eigentlich stehe ich schon vor der Tür.«

»Ah ja! Ich komme schon.«

Im Hintergrund regte sich das Playmobilfeuerwehrauto unter Ninas Griff. Noch schliefen die beiden. Eine falsche Bewegung, und das Playmobilfeuerwehrauto würde seine ohrenbetäubenden Sirenen starten. Wilfert schlich zur Tür.

»Pscht! Die beiden schlafen noch! Am besten, wir setzen uns in den Garten!«

Annegret folgte ihm unbegeistert. In der Laube legte sie dann los.

»Sie sind schon länger wieder in Wien. Sie haben sich gar nicht gemeldet bei mir. Nur diese komische E-Mail.«

»Ich weiß. Es war so viel zu tun. Es tut mir sehr leid. Meine Exfrau…«

Wilfert wand sich. Er hatte tatsächlich ein schlechtes Gewissen. Annegret hatte allen Grund, auf ihn angefressen zu sein. Aber, Wilfert, so angefressen sieht sie doch gar nicht aus.

»Hören Sie, ist ja alles kein Problem. Ich möchte jetzt nur endlich mal wissen, ob Sie weitergekommen sind.«

Wilfert hatte Annegret ein paar Tage, nachdem er aus Spielfeld zurückgekommen war, eine E-Mail mit seinen wichtigsten Ergebnissen geschickt. Seine wichtigsten Ergebnisse waren, dass es keine wichtigen Ergebnisse gab. Er hatte eigentlich gar nichts rausgefunden, weil er sich erst mit den Spielfeldern hatte anfreunden müssen, weil er nicht wirklich gewusst hatte, wie er vorgehen sollte und weil ihm die Liebe dazwischengepfuscht hatte. Das hatte er zwar nicht in die E-Mail geschrieben, aber das Endresultat war das gleiche gewesen. Genau gelesen stand darin eigentlich gar nichts.

So antwortete er zögernd: »Es war kompliziert. Wissen Sie, das sind komische Menschen in der Südsteiermark. Aber ich kenn mich jetzt wenigstens ein bisschen mit dem Weinbau aus.«

»Und Uwe? Was ist mit Uwe?«

»Ich konnte nichts Verdächtiges finden. Nichts, was auf Absicht oder Gewalt hinweisen würde.« Wilfert vermied das Wort Mord. Es war ja wirklich alles total unverdächtig gewesen im Hause Balleis.

Annegret schwieg. Um dann schließlich nachzufragen: »Das glauben Sie wirklich?«

»Das glaube ich wirklich. Ich glaube, es war tatsächlich ein ganz normaler Unfall. Entschuldigung.« Wilfert fand die Wortkombination »ganz normaler Unfall« plötzlich entschuldigungsbedürftig.

Annegret machte noch einmal den Mund auf, als im Haus die Hölle ausbrach. Nina hatte sich bewegt, die Sirenen des Playmobilfeuerwehrautos waren losgegangen und beide Kinder, abrupt geweckt, fingen fürchterlich zu schreien an. Weltuntergang im doppelten Kleinformat. Wilfert lief ins Haus. Annegret blieb noch ein wenig in der Laube sitzen und betrachtete die fast reifen Trauben.

Ilonka hatte am Telefon verdächtig liebenswürdig geklungen. Deswegen konnte Wilfert auch nicht ablehnen, als sie ihn bat, die Söhne noch bis zum Morgen zu behalten. Ein Tag mehr oder weniger war im Moment auch schon egal. Er würde die beiden regulär in den Kindergarten bringen und sich dort von ihnen verabschieden. Er, Wilfert, hatte im Moment weder Besseres zu tun noch auch nur die leiseste Ahnung, was er in Zukunft überhaupt zu tun haben würde.

Außerdem hatte er die beiden Rabauken wirklich gerne, auch wenn sie im Moment sehr anstrengend waren. Sie liefen wahnsinnig schnell wahnsinnig viel herum, außerdem waren sie zu zweit. Wilfert dachte darüber nach, dass er, egal wann er jemals mit Eltern über deren Kinder gesprochen hatte, immer zu hören bekommen hatte: »Im Moment sind sie wahnsinnig anstrengend.« Das schien ein kindsaltersunabhängiger Standardkommentar zu sein, es war egal, ob die Kinder drei waren oder sechzehn. Einerlei. Wilfert hatte Zeit und ein bisschen Geld hatte er auch. Annegret hatte ihm die Unkosten für seinen Aufenthalt in Spielfeld klaglos zurückerstattet, und das Honorar dazu. Es war nicht ganz so viel wie ausgemacht, denn sie war sich noch nicht ganz sicher (sagte sie). Sie hatte sich wohl ein spektakuläreres Ergebnis seiner Ermittlungen erwartet.

Die Söhne düsten indianerrufschreiend an ihm vorbei in den Garten. Wilfert folgte ihnen. Man durfte sie keinen Augenblick aus den Augen lassen.

»Ganz schön was los bei dir in letzter Zeit!« Egon winkte über den Gartenzaun. Er schien irgendwie fröhlicher zu sein als sonst.

»Grüß dich! Morgen werden sie wieder abgeholt. Ich hoffe, sie sind nicht zu laut.«

»Überhaupt nicht. Und du hast dich ja über das Vogelgezwitscher auch nie aufgeregt. Willst du ein Bier?«

Zeichen und Wunder. Egon Flieg trank Bier. Wilfert griff dankend zu. Sie blieben am Gartenzaun stehen, unterhielten sich ein wenig darüber hinweg, zischten ein Bier und beschlossen spontan, ein bisschen komfortabler in den Abend hinein kommunizieren zu wollen.

»In einer Stunde lege ich die beiden hin.«

»Ich bring Koteletts und Bier mit rüber.«

»Grillkohle hab ich.«

Fast hätten sie eingeschlagen, so beschwingt fühlten sie sich plötzlich. Ein echter Männerabend stand an. Wilfert begann, Kohle auf den Griller zu schichten.

Drei Stunden später war schon alles vollbracht. Die Bäuche standen, die Zungen hatten sich gelöst und beide übertrumpften sich gegenseitig mit den Geschehnissen der letzten zwei Wochen. Egon hatte bald erzählt, dass da was mit Annegret lief und wie er in einer denkbar unerwarteten Situation erfahren hatte, dass sie Wilfert kannte und alles überhaupt sehr kompliziert war.

Wilfert hatte erzählt, wie Annegret plötzlich vor seiner Tür gestanden war (»Die einzige, die auf meine Anzeige geantwortet hat!«), und wie sie ihn gebeten hatte, ihm wegen ihrer Prosopagnosie zu helfen. (Hier ließ er ein paar Einzelheiten weg. Wenn Egon mit Annegret gerade so glücklich war, musste er ihm nicht von dem unbekannten Beischläfer erzählen. Dessen Besuche hatten offensichtlich ohnehin mit dem Tod Uwes aufgehört.) Wie ihr Mann gestorben war und Wilfert in der Südsteiermark eine tolle Frau aufgerissen hatte. (Dass Andrea eigentlich ihn aufgerissen hatte, ließ er auch unter den Tisch fallen. Er war gerade so in Stimmung.)

Und beide tranken immer noch ein Bier und beide erzählten immer noch etwas dazu.

Egon erzählte, dass er in Annegrets Haus aufgewachsen war, Wilfert erzählte von den Balleis. Egon erzählte von seinen Brieftauben und sogar ein bisschen von seiner Exfrau mit dem Hang zum Musikalischen, Wilfert erzählte von der Weinlese und von den Touristenhorden. Und beide tranken immer noch ein Bier. Es war ein schöner Abend, und wenn ein Außenstehender Zweifel daran gehabt hätte, ob Wilfert und Egon je Freunde werden könnten, dann, ja dann würde er in Anbetracht der geleerten Bierkiste frank und frei zugeben müssen, dass diese Zweifel unberechtigt waren.

Am nächsten Morgen war Wilfert gar nicht so schlimm verkatert. Marin war schon aus seinem Bett geklettert, kniete vor Wilferts Bett und sah ihn neugierig an. Da bemerkte Wilfert, dass er keine Luft bekam. Er konnte nicht einatmen. Er konnte nicht ausatmen. Marin lachte und Wilfert riss den Mund auf. Gott sei Dank, er bekam Luft durch den Mund. Ein – aus. Ganz normal. Er befühlte seine Nase. In beiden Nasenlöchern steckten dicke Plastilinpropfen. »Marin! Das tut man nicht!« Marin lächelte liebreizend und antwortete fröhlich: »Dungu!«

In der Küche drehte Wilfert den Fernseher auf. Er war doch ein bisschen verkatert und die Söhne würden ein bisschen leiser sein, wenn sie auf den Bildschirm schauen konnten. Nach den Nachrichten würde wohl irgendetwas Kindertaugliches kommen. »Auto hat bumm gemacht!«, rief Nina begeistert. »Lastwagen!«, fiel Marin ein. Wilfert achtete gar nicht darauf, er suchte verzweifelt eine Aspirin in den Küchenladen. Irgendwo musste doch noch eine sein.

»Ein schwerer Unfall hat sich Donnerstagabend auf der B69 bei Vogau ereignet.«

Wilfert war sich ganz sicher, dass er noch eine Aspirin hatte.

»Vermutlich aufgrund eines Reifenplatzers verlor eine 33-jährige LKW-Lenkerin gegen 19.30 Uhr die Kontrolle über ihr Fahrzeug.«

Da war die Aspirin. Wilfert zerkaute sie und ließ sich gleichzeitig Wasser ein.

»Nahezu ungebremst raste der LKW in das sogenannte Genussregal.«

Wilfert ließ das Wasserglas fallen und verschluckte die halbzerkaute Aspririn. Umgehend setzte der Hustenreflex ein.

»Die Lkw-Lenkerin wurde aus der zerstörten Führerhauskabine geborgen und in das Krankenhaus Wagna gebracht. Es gab keine weiteren Verletzten. Am Genussregal selbst entstand Sachschaden in großer Höhe.«

Wilfert hustete und versuchte gleichzeitig, den Bildschirm ins Blickfeld zu bekommen. Ein Mann stand in angemessener Entfernung zum ziemlich derangiert wirkenden Genussregal und fixierte finster die Kamera. »Das Genussregal ist natürlich rundherum versichert. Wir werden es wieder aufbauen. Da steckt so viel Arbeit drin.« Kein Wort von den Angestellten, die, wäre der Unfall früher passiert, in Lebensgefahr gewesen wären. Der Mann fixierte weiter die Kamera. Das Insert sagte: »Wolf Balleis, Geschäftsführer Genussregal und Winzer«.

Wilfert hustete die Reste der Aspirin in die Abwasch. Er musste sofort Andrea anrufen. Etwas gefiel ihm hier überhaupt nicht. Ganz abgesehen davon, dass ihm Wolf Balleis nicht gefiel.

Das Problem war nur, dass Andrea nicht abhob. Wilfert erreichte sie weder an ihrem Handy noch am Festnetztelefon im Gasthaus. Es hob überhaupt niemand ab. Mit zunehmender Hoffnungslosigkeit tutete es ins Leere. Die Zeit verrann und die Söhne waren sowohl mit Frühstück als auch mit Fernsehen fertig. Sie wollten in den Tag hinaus. Wilfert musste ihnen beim Anziehen helfen. Immer wieder rief er in relativer Kopflosigkeit Andreas Handy an. »Sie sind verbunden mit der Mobilbox von 0664 7…« Wilfert legte auf und versuchte, sich zu sammeln.

Wenn er Nina und Marin erst einmal in den Kindergarten gebracht hatte, würde alles viel einfacher sein. Ilonka würde sie von dort abholen, sie würden die nächsten Tage wieder bei ihr sein. Die Kinder in den Kindergarten bringen. Dann konnte er sofort nach Spielfeld fahren. Was bedeutete sofort? Sofort hieß, dass er, wenn er sich beeilte, in etwa vier Stunden dort sein konnte. Die Fahrt nach Spielfeld erschien ihm plötzlich wie eine Reise zum Nordpol.

Spielfeld war unerreichbar, Spielfeld war furchtbar weit weg. Nur nicht in Panik verfallen jetzt. Erst mussten die Kinder angezogen werden, das war der erste Schritt. Babyschritte. Sobald er mit ihnen in der U-Bahn saß, konnte er es weiter am Handy versuchen. Er musste wissen, ob Andrea etwas zugestoßen war. Was hatte sie damals gesagt? »Das müsste man eigentlich in die Luft sprengen.« So und nicht anders hatte sie gesprochen, als sie gemeinsam vor dem hässlichen Regal gestanden waren.

Und der Widerwillen, den sie der Familie Balleis entgegenbrachte. Wilfert war sich hundertprozentig sicher, dass Andrea ihre Finger mit im Spiel hatte. Er wusste nicht, ob sie einen LKW lenken konnte. Er traute es ihr zu. Er traute Andrea eigentlich sehr viel zu, fiel ihm gerade auf. Und es dauerte nicht lange, bis sich in seinem Kopf ein Wort manifestierte, ein Wort, das so schrecklich inflationär verwendet worden war, in den letzten Jahren, ein Wort wie eine Schlagzeile über dem Bild des zerstörten Genussregals: Terroranschlag. Ein Terroranschlag auf das hässlichste Regal der Welt.

Es war Punkt 12 Uhr, als Wilfert in Spielfeld-Straß ankam. Die paar Schritte zum Gasthof Gloitzsch ging er schnellen Schrittes. Schon von Weitem sah er, dass geschlossen war. Es war alles finster, der schottrige Parkplatz leer. Um diese Zeit war normalerweise Gulaschprimetime und die Bude voll. Auf der Eingangstür hing ein Zettel.

Gleich würde er ihn lesen können. Da hupte es hinter ihm und Andreas Opel richtete sich auf dem schottrigen Parkplatz ein. Sie fiel fast aus dem Auto beim Versuch, schnell auszusteigen, um Wilfert zu umhalsen. Überrascht und voller Freude war sie, und überhaupt sah sie nicht aus wie eine LKW-Lenkerin, die gerade im Krankenhaus in Wagna lag.

»Andrea!«

Wilfert, jetzt kommst du dir schon wieder ordentlich lächerlich vor, oder? Aber das macht dich ja auch so liebenswert.

»Was tust du denn hier?« Andrea fiel ihm noch einmal um den Hals.

»Wo warst du denn? Ich hab dich nicht erreichen können. Nirgends.«

»Ich war auf einem Begräbnis. Die Frau Koschwitz ist gestorben. Sie war schon uralt. Sie war früher unsere Nachbarin, als ich ein Kind war.«

»Ich hab mir solche Sorgen gemacht um dich!«

»Nur weil ich einmal nicht erreichbar bin? Komm. Jetzt gehen wir einmal hinein.«

Andrea nahm den sehr erleichterten und trotzdem noch verwirrten Wilfert an der Hand und zog ihn in die Gaststube. Den Zettel auf der Tür (»Heute geschlossen wegen Begräbnis«) ließ sie hängen und sperrte die Tür wieder hinter sich zu.

»Magst was essen? Ich hab ein Gulasch.« Natürlich hatte sie Gulasch. Im Gasthof Gloitzsch musste der Tag erst kommen, an dem es kein Gulasch gab.

»Ja. Gern. Danke. Und kann ich ein Bier auch haben?« Wenn Wilfert bei Andrea »bestellte«, kam er sich immer seltsam vor.

»Sicher!« Andrea strahlte wie ein Erstklässler, der gerade seine Schultüte in Empfang genommen hatte. Wilfert war fast unangenehm berührt, dass er sie zu solch einem Gefühlsüberschwang veranlasste, wo sie doch gerade erst bei einem Begräbnis gewesen war. Gleichzeitig sah er ein, dass man nach einem sehr traurigen Erlebnis oft schnell lachen musste, damit das Leben wieder in Ordnung kam. Wilfert war gerade eben sozusagen der Schnellanzünder dieses Effektes.

Das Gulasch war im Andreahandumdrehen aufgewärmt und schmeckte wie immer vorzüglich. Und bei Gulasch und Bier erzählte Wilfert Andrea vom LKW, der ins Genussregal gedonnert war und wie er angenommen hatte, sie hätte vielleicht etwas damit zu tun. Ganz kurz schaute sie da ein bisschen grantig, aber weil Wilfert beim Erzählen in seinem Sessel schon so klein geworden war und ihm die ganze Geschichte offensichtlich selbst schon total lächerlich vorkam und weil er sich obendrein solche Sorgen um sie gemacht hatte, als er sie nicht erreichen konnte, musste sie dann doch lachen.

»Du bist ja ein Depp!«, kicherte sie und fuhr ihm dabei liebevoll durch die Haare. Das tat Wilfert sehr wohl, und für kurze Zeit vergaßen die beiden Gulasch und Bier und erinnerten sich stattdessen daran, wie lange sie sich schon nicht mehr gesehen hatten. Drei Wochen können für Liebende ein langgezogenes Tal der Sehnsucht sein, und wenn man das durchschritten hat, dann fällt man am besten übereinander her, was auf den alten, robusten Gloitzscher Wirtshaustischen funktioniert, als ob sie genau dafür getischlert worden wären.

Danach, Andrea hatte das Gulasch ein weiteres Mal aufwärmen müssen, musste Wilfert noch einmal die Geschichte mit dem Genussregal erzählen.

Es war ja nicht viel, und was er wusste, wusste er auch nur aus dem Fernsehen.

»Ich hab überhaupt nichts mitgekriegt. Komisch. Aber ich musste ja wegen dem Begräbnis noch einkaufen und so.«

»Mehr weiß ich auch nicht. Vielleicht ist später was in den Nachrichten.«

»Blödsinn. Ich hol einmal den Laptop. Es ist sicher schon was online.«

Wilfert bewunderte den scharfen Geist seiner Lieblings-Spielfelderin und linste ihr ein bisschen auf den Hintern, als sie ging.

»Im Übrigen hab ich den Wolf Balleis gesehen!«, rief er ihr hinterher.

Sie blieb auf dem Weg hinter den Tresen stehen und drehte sich zu ihm. Wie immer, wenn der Name Balleis fiel, schaltete ihr Gesichtsausdruck von hell auf dunkel, von lustig auf deprimiert, von glücklich auf scheiße.

»Wo?«

»Im Fernsehen, meine ich. Sie haben ihn interviewt. Ich weiß jetzt, wie er ausschaut.«

»Ach so.«

Andrea ging und holte den Laptop. Bei einem zweiten Bier studierten sie die Onlineberichte. Die LKW-Fahrerin lag noch im Krankenhaus, war aber schon ansprechbar. Man hatte ordentlichen Alkoholeinfluss festgestellt. Lang und breit wurde auch noch einmal über das Genussregal berichtet. Man hoffe für die Region, dass der Wiederaufbau schnell vonstattengehen würde. In den Vogauer Feldern würde die Arbeitslosenrate sonst wieder rapide zunehmen.

»Wie lange bleibst du eigentlich?«

Andrea klappte den Laptop zu und schaute Wilfert erwartungsvoll an.

»Ehrlich gesagt, ich weiß es nicht. Ich bin ja einfach so losgefahren.«

»Weil du dir Sorgen gemacht hast um mich.« Das war weniger eine Frage als eine Feststellung.

»Weil ich mir Sorgen gemacht hab um dich, genau.« Wilfert küsste sie auf die Stirn. »Ich bleib schon ein paar Tage. Vielleicht mach ich, wozu mir das letzte Mal die Zeit gefehlt hat – ich ruf die Mojca an.«

»Die Mojca? Wie kommst du denn auf die?«

»Der Karl, oder heißt er Hans, ich werd mir das nie merken, du weißt schon wer«, Andrea nickte, »der hat gemeint, die Mojca wüsste vielleicht noch irgendwas. Ich glaub, er schläft mit ihr.«

»Die Mojca schläft schnell einmal mit wem«, antwortete Andrea in durchaus anerkennendem Tonfall.

»Jedenfalls hat er gemeint, sie kann mir vielleicht was erzählen. Wegen dem Uwe Becker. Vielleicht gibts da ja noch irgendwas.«

»Mir ist alles recht. Tu, was du willst. Hauptsache, du bleibst noch ein bisschen hier.«

Darauf konnte Wilfert nicht mehr viel sagen.

»Nix wir uns treffen bei Balleis. Treffen uns in Wald.«

»Im Wald?«, wiederholte Wilfert ungläubig.

»Sind derrisch? Wir treffen uns in Wald.«

»Aber in welchem Wald? Und wo genau?«

Wilfert war kein großer Fan des Waldes. Landleben, gut und schön, Kettenhunde, auch gut, wenn es unbedingt sein musste, Weingärten und Nebelfetzen: großartig! Aber im Wald hatte er nun wirklich nichts verloren. Er hatte das

In-den-Wald-Gehen schon gehasst, als seine Mutter ihn das erste Mal zum Schwammerlsuchen mitgenommen hatte.

»Sie fahren auf Obegg. O-B und dann wie englisch Ei. So heißt das. Wir treffen uns in Wald Richtung Katzengraben. Andrea weiß, wo ich meine. Sie wird Ihnen sagen.«

»Obegg. Richtung Katzengraben.«

»*Dobro*. Wir treffen uns heute noch. Heute Nachmittag ich habe frei. Um drei. Bleiben Sie ungefähr in der Mitte von Wald Richtung Katzengraben, ich finde Sie. Bleiben Sie einfach stehen.«

»Frau Mojca?«

»Ja?«

»Warum treffen wir uns nicht einfach im Gasthaus bei Andrea?«

»Soll keiner sehen, dass ich rede mit Ihnen. Bis Nachmittag.«

»Auf Wiederhören.«

Mojca hatte schon aufgelegt.

Blitze zählen

Egon Flieg lag auf seinem Bett und starrte durch das geschlossene Fenster. Draußen gewitterte es. Er versuchte, die Blitze zu zählen. In den meisten Fällen blickte er in die falsche Richtung, nämlich in die, aus der es gerade nicht blitzte. Er hatte sich vorgestellt, dass die Blitze ihn ablenken würden. Egon Flieg lag auf seinem Bett und zählte Blitze. Es lenkte ihn kein bisschen ab.

Am Abend davor hatte Annegret mit ihm Schluss gemacht. Das heißt, sie hatte ihm gesagt, dass sie ihn nicht weiter sehen werde. Dass sie ihn nicht mehr treffen wolle. Nicht mehr mit ihm ins Bett...

Für Egon Flieg war das ein klassisches Schlussmachen gewesen. Für Annegret nur ein Gespräch. Sie hatte versucht, so liebevoll wie möglich zu sein, dann aber doch recht schnell die Geduld verloren. Es war klar, dass Egon unheimlich in sie verliebt war. Das machte ihr ein wenig Angst und es war ihr überhaupt nicht recht. Sie hatte ja bloß versucht, sich mit ihm abzulenken. Nachdem er gegangen war, war ihr leichter.

Herr Flieg war traurig nach Hause gegangen und hatte sich auf das Bett gelegt. Irgendwann in der Nacht war das Gewitter gekommen. Er hatte das Gewitter zu betrachten begonnen und genau das tat er jetzt immer noch.

Wilfert steht im Wald

Andrea hatte ziemlich undamenhaft und laut gelacht, als Wilfert etwas von Katzengraben und Obegg erzählt hatte.

»Die Mojca hat Ideen. Aber das ist ja gar nicht so schlecht. Da siehst du einmal etwas anderes von Spielfeld als immer nur die Weingärten und mein Gasthaus.«

»Ich mag keine Wälder«, hatte Wilfert gemurmelt. Andrea hatte ihm ein kleines Bier hingestellt. »Und eigentlich sollte ich in der Gegend hier mehr Wein trinken. Du stellst mir immer nur Bier hin.«

»Ich kenn mich nicht so aus mit Wein.« Andrea machte sich eindeutig lustig über ihn. Aber sie besaß auch genug Taktgefühl, ihn nicht offen auszulachen. Er mochte den Wald anscheinend wirklich nicht. »Komm, es ist nur ein ganz kleiner Wald. Da kann man sich gar nicht verlaufen. Ich bring dich hin und erklär dir den Weg ganz genau. Gut?«

Wilfert nickte. Es würde ihm wohl nichts anderes übrig bleiben.

Andrea fuhr ihn bis zum Waldrand am Obegg. Das Obegg (oder der Obegg?) stellte sich als weitere Anhöhe im anhöhenreichen Spielfeld heraus. Es gab ein paar Höfe, Obstgärten, Schafe und Wochenendhäuser. Die meisten Häuser schienen ein wenig heruntergekommen zu sein. Die Aussicht war hier wohl nicht toll genug, wohlhabende Zuziehende anzulocken. Aber Weingärten gab es hier, entgegen Andreas Bemerkung, genauso wie überall sonst.

»Es ist ganz einfach. Du folgst einfach dem Weg und bleibst dort stehen, wo es steiler wird, ich meine, wo es steiler bergab geht. Nur keine Angst. Die Mojca wird dich gleich haben. Ruf mich an, wenn du fertig bist. Es ist nur ein Katzensprung zum Katzengraben.« Sie drückte ihm einen sanften Kuss auf die Wange und versuchte, nicht zu lachen, während sie in ihren Opel stieg. Den Kopf schüttelnd fuhr sie wieder weg. Wie konnte man nur Angst vor Wäldern haben? Andrea liebte den Wald und hatte als Kind ganze Ferien darin verbracht, wenn ihre Eltern im Weingarten gestanden waren. So in ihre Gedanken vertieft bemerkte sie den roten Lamborghini nicht, der halb versteckt beim nächsten leer stehenden Haus parkte. Andrea fuhr zurück zum Gasthaus.

Wilfert stolperte inzwischen zunehmend angespannt den Weg entlang. Das war nun wirklich kein kleiner Wald, Andrea wollte ihn wohl veräppeln. Ein kleiner Wald war zum Beispiel der Max-Winter-Platz beim Praterstern. Dort gab es ein paar Bäume und das war für Wilfert genug an Wald. Hier aber gab es nur Bäume. Ein Wunder, dass es so etwas wie einen Weg gab. Wahrscheinlich von den vielen Forstarbeiten, die so ein riesiger Wald nötig hatte.

»Haben Sie schnell gefunden!« Wilfert erschrak furchtbar. Er hatte Mojca kein bisschen gehört.

»Oder besser, ich habe gefunden Sie!« Sie lachte. Es war das erste Mal, dass Wilfert Mojca lachen hörte. Ihre Mundwinkel verzogen sich dabei nach unten.

»Grüß Gott!«, sagte Wilfert artig. Er versuchte, das dahinschmelzende Gefühl in seiner Magengrube zu ignorieren.

»Grüß Gott auch. Wir werden kurz machen. Jochen hat mir erzählt, dass Sie wollen etwas wissen von den Balleis.«

»Jochen?«

»Jochen. Mein Freund. Sie kennen ihn vom Gloitzsch.«

Wilfert hatte keine Ahnung, wen sie meinte. Er kannte keinen Jochen.

»Ich konnte nicht reden mit Ihnen das letzte Mal, das ist klar.«

»Das ist klar.« Wilfert wollte gerne eine Frage stellen, aber es ging nicht.

»Jochen hat erzählt, Sie wollen wissen Bescheid über die Balleis.«

Wilfert, reiß dich zusammen und stell eine Frage!

»Eigentlich…«

»Sie wollen wissen, was war mit Uwe Becker, oder?«

Sie hatte »oder« gesagt. Ein guter Zeitpunkt, eine Frage zu stellen.

»Ich wollte wissen, ob es ein Unfall war.«

»Wenn Sie mich fragen, war es nicht. Das war kein Unfall. Aber ich habe keine Beweise. Ich kann nur sagen, dass die Balleis keine guten Menschen sind.«

»Wie meinen Sie das?«

»So wie ich sage. Nicht die Jutta. Die ist schon alt. Aber die anderen. Der Wolf.«

»Woher wissen Sie das denn?«

»Ich habe geschlafen mit Wolf. Früher. So man lernt die Menschen kennen.«

Wilfert verstand einfach nicht, wie man mit Mojca schlafen konnte, ohne Kastrationsängste zu bekommen.

»Keiner mag die Balleis. Sind wie die, wie sagt man, *kobilica*. Fressen alles weg.«

»Heuschrecken. Sie meinen, die Balleis sind wie die Heuschrecken?«

»Überall wo jemand kein Geld mehr hat, sie kommen. Machen Angebot. Kaufen billig. Dann haben sie wieder einen Weingarten mehr.«

»Aber das ist nicht verboten.«

»Ist nicht verboten. Machen aber noch andere Dinge. Andrea wird Ihnen erzählen.«

»Andrea redet nicht gern über die Balleis.«

»*Vem, vem.* Und die Spritzmittel. Da ist etwas mit Spritzmittel nicht in Ordnung. Wenn Sie mich fragen, Uwe Becker hat etwas gefunden wegen die Spritzmittel. Wolf hat ihn unter die Erde. So einfach.«

»Aber Sie haben keine Beweise dafür.«

»Ich habe gesunden Menschenverstand!« Mojca war offensichtlich unwillig, weiter zu erklären. Aber gesunden Menschenverstand hatte Wilfert auch.

»Mojca, darf ich Sie etwas fragen?«

»*Dobro!*«

»Warum sind Sie nicht mehr mit Wolf…« Er konnte den Satz nicht fertigsprechen.

»Sie glauben, ich bin betrogene Geliebte?« Ihr Verstand war scharf wie ein frischgewetzter südsteirischer Taschenfeitel. »Sie glauben, ich will nur mich rächen? Ich habe alles gesagt, was wichtig ist.«

»Warten Sie! Ich wollte Sie nicht beleidigen.«

»Schon gut. *Nasvidenje.*« Mojca drehte sich um und stapfte den Berg hinunter.

»Mojca! Wo muss ich denn gehen?« Sie drehte sich noch einmal um.

»Sie können gehen, wo ich gehe. Aber in Abstand. Einfach da den Berg hinunter.«

Wilfert musste sich ein Grinsen verkneifen. Die Situation war wirklich sehr ungewöhnlich. Doch wenn Mojca ihn lachen hörte, kam sie vermutlich zurück und biss ihm die Ohren ab.

Er würde lieber ein bisschen warten.

Nachdem er ein paar Minuten verstreichen hatte lassen, ging er in die Richtung, in die Mojca vorausgegangen war. Was hatte ihm denn Mojca nun eigentlich gesagt? Dass die Balleis böse waren? Nun, dass sie keine Sympathieträger hier im Ort waren, war Wilfert schon am ersten Abend klar geworden. Das machte sie noch nicht zu Mördern. Dass die Balleis vielleicht in Geschäfte mit nichtlegalen Spritzmitteln verwickelt waren? Das hatte sie nur angedeutet. Sie hatte ja keine Beweise. Was sie hatte, war ein vergangenes Verhältnis mit Wolf Balleis, und ganz sicher trug sie irgendwelche Rachegelüste gegen ihn in ihrer slowenischen Brust. Wie man nur mit der Mojca ins Bett gehen konnte!

Wilfert blieb plötzlich so abrupt stehen, dass ein Beobachter meinen könnte, er hätte von einem Moment auf den anderen vergessen, wie man sich bewegt. Dabei hatte Wilfert nur ein Geräusch gehört. Ein Geräusch, das ihm Angst machte.

Wilfert war ein zartes, dünnes Kind gewesen, während seine Mutter auf einen ziemlich großen Hintern stolz war. Sie war nicht wirklich dick, aber sie wirkte, als hätte sie einfach ein paar Kilo zu viel auf den Rippen. Eigentlich stimmte das nicht. Wilferts Mama wirkte, als hätte sie sich diese paar Kilo zu viel bewusst angegessen, um gewappnet zu sein, gegen diese Welt. Den kleinen dünnen Wilfert musste sie vor dieser Welt mitbeschützen. Wilferts Mama war der Prototyp einer kämpferischen Alleinerziehenden. Sie musste immer arbeiten. Sie musste immer sparen.

Es gab allerdings Sonntage, an denen sie nicht arbeiten und nicht sparen musste. Das waren die Sonntage, an denen sie den kleinen, dünnen Wilfert an der Hand nahm, sich einen Rucksack schnappte und mit ihm in den Wald ging. Im Wald und auf dem Weg dorthin hoffte sie, allerlei zu finden, das man mit nach Hause nehmen konnte. Auf dem Weg in den Wald packte sie Äpfel, Nüsse, Kürbisse und Maiskolben ein. Manches lag auf der Straße, für manches musste sie über einen Zaun steigen. Ab und zu plünderte sie auch die Blumenbeete der Häuser, in denen gerade niemand zu Hause war. Wilferts Mutter hatte ein untrügliches Gespür dafür, wo es was zu holen gab, und nicht die Spur eines schlechten Gewissens. *Jetzt bin ich schon wieder wo drübergstolpert,* pflegte sie zu sagen, während sie einen Salatkopf in ihren Rucksack stopfte. Das waren die Momente, in denen Wilferts Mutter aus reinem Glück bestand und den Rest der Welt vergaß.

Im Wald selbst wurde nicht geklaut, denn im Wald gab es keine Zäune und kaum Eigentumsrechte. Zumindest sah das Wilferts Mama so. Rosskastanien und Haselnüsse, Brombeeren und Bärlauch. Wilferts Mama nahm alles. Ihre ganze Leidenschaft allerdings galt den Schwammerln. Kaum im Wald angekommen, vergaß sie auf Wilfert beziehungsweise forderte ihn mit ungeduldiger Stimme auf, es ihr doch gleichzutun und mit gesenktem Kopf Ausschau nach den Eierschwammerlherden zu halten, die sie hinter jeder kleineren Lichtung vermutete. Meistens aber vergaß sie einfach auf ihn. Wilfert hatte immer ein wenig Angst vor dem Wald, denn der war groß und Wilfert war klein. Er versuchte, den Rockzipfel seiner Mutter nicht aus den Augen zu verlieren und fand das sehr anstrengend. Aber er freute sich immer, wenn sie sich freute.

Ein Feuersalamander war es, der Klein Wilfert einmal so in Verzückung des Betrachtens versetzte, dass er seinerseits rund um sich herum alles vergaß. Der Feuersalamander war nicht sehr groß, aber prächtig gezeichnet und die Kontraste seiner Farben taten Wilfert fast in den Augen weh. Klein Wilfert setzte sich in das feuchte Moos und betrachtete und stierlte ein wenig mit einem kleinen Ast, um den Feuersalamander in Bewegung zu versetzen, und betrachtete wieder und vergaß.

Bis er plötzlich ein lautes Geräusch neben sich hörte. So ein Geräusch hatte er noch nie gehört. Hätte Klein Wilfert Worte dafür gehabt, hätte er gesagt, es klang, als ob jemand ein riesiges, gewichtiges Metallstück über einen Betonboden zöge. Schubweise. Das Geräusch dauerte nicht sehr lang an, aber es wiederholte sich und es kam näher. Wilfert war mit einem Mal, als würde er sich nie wieder bewegen können. Er glaubte zu spüren, wie seine Augen so riesig wurden, dass sie ihm gleich aus dem Kopf fallen würden. Ihm war kalt, doch er konnte nicht zittern. Er wollte zu seiner Mutter, doch er konnte nicht schreien. Etwas kam näher und machte ein schreckliches Geräusch. Es bellte.

»Wilfert?« Seine Mutter rief nach ihm. »Wilfert!« Etwas lief in langen Sprüngen weg und verschwand. »Wilfert!« Jetzt wurde sie ungeduldig.

»Da! Ich bin da!« Wilfert stoppelte sich und seine Ängste zusammen, stand auf (jetzt konnte er zittern) und lief seiner Mutter entgegen. »Wilfert! Hast du dich gefürchtet? Du brauchst keine Angst haben. Das war nur ein Rehbock. Die rufen so nach ihren Frauen.« Eine bessere Erklärung fiel auch ihr offensichtlich nicht ein. »Du brauchst keine Angst zu haben. Die haben Angst vor dir. Man muss nur vorsichtig sein, wenn man eine Frau ist und die bestimmten Tage hat.«

Wilfert sah sie entgeistert an. Seine Mutter bemerkte das nicht und sprach weiter: »Das können die Rehböcke nämlich riechen.«

Und genau diesen einen Gedanken würde Wilfert nie mehr vergessen, auch wenn er keine Frau war und niemals seine Tage haben würde: Dass diese dieses Höllengeräusch produzierenden Tiere riechen konnten, wenn eine Menschenfrau ihre Menstruation hatte – und wer weiß, was dann passierte. Ob die Rehböcke die Frauen dann attackierten oder auch nur näher kamen und sie anbellten – Wilfert hatte nie danach gefragt und würde auch nie nachfragen. Der Rehbock wurde zum Stoff von Wilferts schlechten Träumen.

Und jetzt hörte er wieder einen, ganz nah.

Wilfert stand im Wald und würde sich nie wieder daraus wegbewegen können. Da war er sich ganz sicher. Er hatte vergessen, in welche Richtung Mojca vorausgegangen war. Wenn er loslaufen würde, würde der Rehbock ihn sofort erwischen.

»Der schreckt nur.«

Wilfert fuhr zusammen. Ein untersetzter Mann stand an der Stelle, an der es steil bergab ging, und lachte laut. Irgendwie kam Wilfert der Mann bekannt vor.

»Sie brauchen keine Angst zu haben!«

Wilfert lachte jetzt auch laut, aber es war mehr ein Reflex als eine Gefühlsäußerung. Der Mann kam ihm den Hang hinunter entgegen.

»Grüß Gott!«, sagte er, als er Wilfert erreicht hatte.

»Grüß Gott!«, antwortete Wilfert brav. Der Mann war sehr kräftig, aber nicht sehr groß. Eher kompakt. Er trug etwas, was aussah, als wäre es von einem teuren Jägerausstatter dazu geschneidert worden, nicht teuer auszusehen.

»Ich bin Wolf Balleis«, sagte der Mann.

Egon Flieg bereist die wilde Südsteiermark

Am dritten oder vierten Tag, nachdem Annegret die Beziehung beendet hatte, schlug Egon Flieg in seinem Bett die Augen auf und fuhr dann hoch, als hätte er einen Skorpion am Kopfpolster. Er hatte völlig auf Amalie vergessen. Er hatte völlig auf seine Vögel vergessen. Er hatte nur noch Blitze gezählt, und als es keine Gewitter mehr gab, war er nur mehr so dagelegen. Zwischendurch war er aufs Klo gegangen und ab und zu hatte er im Badezimmer ein Glas Wasser getrunken.

Aber an diesem Morgen war irgendetwas anders. Vielleicht, würde er später denken, vielleicht heilt die Zeit wirklich alle Wunden. Vielleicht ist da etwas dran. Jetzt aber waren seine Vögel wichtiger. Im graukarierten Schlafanzug und barfuß lief er in den Garten. Er machte sich weniger Sorgen darum, dass die Vögel zu wenig Futter hätten – die Voliere war so groß und so gut ausgerüstet, dass die Vögel lange Zeit darin leben und fliegen konnten. Sie waren in der Lage, sich zu holen, was sie brauchten, und wenn es nur ein paar Käfer aus einem der Spinnennetze in den Ecken waren.

Was sie sich nicht selbst holen konnten, war Wasser und das war ungleich wichtiger. Tatsächlich sah Herr Flieg schon von Weitem, dass die Wasserbehälter leer waren. Sein Glück, oder besser das Glück der versammelten Astrilde und Witwen, war das kleine Vogelbad, das ihm die betagte Nachbarin auf der anderen Seite (der Nicht-Wilfert-Seite) einmal geschenkt hatte, bevor sie ins Altersheim gezogen war. Das Wasser in dem tönernen Gefäß war schmutzig, aber es war Wasser. Den Vögeln ging es gut.

Nachdem Herr Flieg die Wasserbehälter frisch befüllt und beruhigend auf seine Vögel eingeredet hatte (in Wahrheit sprach er beruhigend mit sich selbst, er war sehr erleichtert und gleichzeitig voller Schuldbewusstsein), stieg er gleich direkt über die Leiter, die vom Garten aus ins Dachgeschoß führte, in den Taubenschlag. Auch dort war alles in Ordnung. Das hieß, fast alles war in Ordnung. Amalie flog ihm nicht zutraulich auf die Hand, wie sie das sonst immer tat, wenn er kam. Sie saß auf einer Stange und zeigte ihm die kalte Taubenschulter. Das konnte sie gut. Herr Flieg griff sich ein Stück Taubenkuchen und näherte sich ihr vorsichtig. Amalie ruckelte und zuckelte ein wenig auf der Stange hin und her und überwand sich dann doch. Nicht unzärtlich nahm sie Herrn Flieg den Leckerbissen aus der Hand. Herr Flieg wartete, bis sie ihn verdrückt hatte, und streckte dann seine Hand aus.

Wieder milder gestimmt hüpfte Amalie darauf und ließ sich die Mikrokamera vom Bein nehmen. »Die brauchen wir ja jetzt nicht mehr«, dachte Herr Flieg. Er wollte sie wegwerfen, da fielen ihm die Vitamine ein, die die Tauben einmal in der Woche bekommen mussten. Damit war er schon zwei Tage zu spät dran. Er setzte Amalie zurück auf die Stange, füllte auch hier die Trinkbehälter auf, gab überall ein paar Tropfen des Multivitaminkonzentrats hinzu und machte sich nach einem letzten, vergewissernden Blick in die Runde wieder auf den Weg hinunter. Diesmal über die Treppe.

Die Kamera fiel ihm erst im Flur unten wieder ein. Herr Flieg nahm sich vor, sie in den Abfalleimer zu befördern, nachdem er noch ein letztes Mal die verwackelten Aufnahmen durchgeschaut hatte. Vielleicht konnte er noch das eine oder andere Bild von Amalie erhaschen. Das gelang ihm auch. Was er allerdings sonst noch sah, verwirrte ihn sehr. Er hatte das Gefühl, dass es sehr wichtig sein könnte. Aber nicht für ihn. Wichtig für Wilfert.

Das war der Grund, warum Egon Flieg nun am Bahnhof in Spielfeld stand und sich nicht auskannte. Alles, was er von Wilfert über Spielfeld wusste, war, dass es viele Weingärten aufwies. Aber wenn man am Bahnhof in Spielfeld steht, sieht man keine Weingärten. Den Namen des Gasthauses hatte er sich auch nicht gemerkt. Aber dort, im Gasthaus, musste Wilfert anzutreffen sein, dessen neue Flamme Andrea und zusätzlich deren vorzügliches Gulasch. Egon Flieg ging durch den Warteraum des Bahnhofs, durch das Treppenhaus mit seinen breiten, flachen Stufen und trat auf die Straße. Er würde sich schon durchfragen.

Mit seiner rechten Hand zog er einen mittelgroßen, glänzendblauen Trolley. In seiner Linken hielt er einen staubdichten, dunkelbraunen Sperrholzkorb mit vergitterten Gucklöchern. Darin saß sein wertvollstes Gepäck.

Egon Flieg kam sich reichlich blöd vor, als er zwei Minuten später vorm Gasthaus Gloitzsch stand. Der Weg hierher war nicht der Rede wert gewesen, und nun wurde ihm auch klar, wieso der Einheimische (ein ungewaschener, langer Lackel in blauvergilbter Arbeitskluft und mit strohigen Haaren im Gesicht und am Kopf) ihn so seltsam angesehen hatte, als er ihn danach gefragt hatte. Veräppelt hatte der ihn obendrein. Eine halbe Stunde, einfach geradeaus (»a holbe Stund, afoch grodaus«). Gottseidank hatte er das Gasthausschild gleich gesehen.

Er betrat die Gaststube und fürchtete sich ein wenig. Er hatte sich schon am Bahnhof in Meidling gefürchtet, detto am Hauptbahnhof in Graz und am allermeisten beim Aussteigen in Spielfeld. Egon Flieg war schon lange nicht mehr unterwegs gewesen und die Menschen machten ihn nervös. Fremde auch. Aber Amalie würde spüren, wenn er ängstlich war, und das wollte er auch wieder nicht. Sie würde dann nervös werden. Er stählte seine Brust, zog seinen Bauch ein, drückte die Klinke herunter und dann war alles nur mehr halb so schlimm, denn Wilfert saß an der Theke, neben ihm der Hanskarl, dessen richtiger Name sich als Jochen herausgestellt hatte, und hinter der Theke gab es gezählt nur eine weibliche Person. Das war wohl Andrea, von der Wilfert ihm in den lieblichsten und leicht biergeschwängerten Tönen berichtet hatte.

Wilferts Gesichtsausdruck wirkte, als hätte ihn ein Rehbock über den Haufen gerannt. Das konnte doch nicht sein Nachbar sein! Mit einem Taubenkäfig in der Hand? Tatsächlich. Aber warum? Dass Herrn Fliegs Kommen kein Zufall war, das war ihm sofort klar. Aber verhieß es etwas Gutes oder etwas Schlechtes? Egon lächelte, also konnte es nicht ganz schlimm sein. Wilfert, Wilfert, schon wieder zwei Bier zu viel mit dem Hanskarl.

Andrea lächelte auch, aber es war erstmal ein pflichtschuldiges Wirtinnenlächeln. Deswegen war es zwar nicht weniger ehrlich, aber erst als sich Wilfert von seinem Staunen erholt und die beiden einander vorgestellt hatte (den Hanskarl-Jochen hatte er auch in die Vorstellungsrunde einbezogen, aber der hatte nur kurz »hawidere« gesagt und dann seinen grauen, schweren Schädel wieder auf der Theke abgelegt), begann sie zu grinsen.

»Ach, Sie sind Wilferts Nachbar!«

»Ich bin Wilferts Nachbar, genau!«

»Und was haben Sie da im Korb?«

»Das ist Amalie. Sie ist eine Brieftaube und öfter auf Reisen als ich. Deswegen habe ich sie mitgebracht. Weil sie sich besser auskennt.«

Andrea hockte sich hin, hielt die Hand an eines der Gucklöcher und sagte ernst: »Das freut mich sehr, Amalie, dass du auch mitgekommen bist.« Dann stand sie wieder auf. Damit war ihr Herrn Fliegs Herz schon zugeflogen.

»Ich zeige Ihnen gleich ein Zimmer. Sie wollen doch hier schlafen? Und für Amalie ist es im Zimmer vielleicht angenehmer. Nicht so verraucht.«

Er folgte ihr begeistert.

Etwas später saßen alle drei als letzte Gäste vor einem Topf Gulasch. Amalie war jetzt wieder bei ihnen. Sie saß in ihrem Käfig und war zufrieden, nicht allein zu sein. Jetzt rauchte auch niemand mehr. Alle rauchenden Gäste waren gegangen, Andrea hatte gelüftet und Wilfert dachte an seine roten Gauloises in seinem Reisegepäck, nach denen er absolut kein Bedürfnis verspürte.

Egon Flieg war hungrig. Er hatte die letzten Tage nichts Vernünftiges mehr gegessen und das Gulasch schmeckte ihm prächtig. Er schwitzte und aß und trank Bier und fühlte sich sehr wohl. Andrea, die wusste, wie ein ausgehungerter Mensch aussah, hatte gleich den ganzen Kessel auf den Tisch gestellt, und Herr Flieg bediente sich soeben ein drittes Mal daraus, nicht ohne sich umständlich bei Andrea zu entschuldigen. »Ist schon gut, gehört eh weg. Morgen mach ich ein neues. Ich bring noch Semmeln.«

Wilfert bemerkte schmunzelnd, dass sein Nachbar von Andrea genauso begeistert war wie er selbst. Man war schon beim vierten Bier und beim gegenseitigen Du-Wort angelangt. Hanskarl-Jochen war nach Hause gewankt, nicht ohne Andrea noch ein wenig beschimpft zu haben, weil sie ihm den seines Erachtens nach längst fälligen Abschiedskuss schon wieder vorenthalten hatte.

»Das ist doch kein Zufall, dein Spielfeld-Besuch. Oder?«, begann Wilfert, während Andrea ging, um noch Semmeln zu holen.

»Nein. Natürlich nicht. Aber sollen wir das nicht später besprechen?«

»Wegen Andrea? Die weiß alles. Kein Problem.«

Da kam sie auch schon mit dem wiederbefüllten Körbchen. Wilfert wandte sich an sie. »Gell, du weißt alles.«

»Ich weiß alles, natürlich.« Sie lachte. Seit Wilfert wieder da war, war sie ein Ausbund an Heiterkeit. Immer ein bisschen wie auf Drogen. »Aber um was gehts denn eigentlich?«

»Ich bin natürlich nicht zufällig nach Spielfeld gekommen. Ich weiß nicht, ob du, Andrea, meine ganze Geschichte kennst.«

»Ein bisschen«, warf sie ein.

»Jedenfalls, ich hatte eine Beziehung mit Annegret.«

»Hatte?« Wilfert sah besorgt von seinem Teller auf. Der war im Übrigen schon wieder leer. Irgendwann würde Andreas Gulasch ihn ins vorzeitige Grab befördern.

»Hatte. Beziehung ist vielleicht auch zu viel gesagt. Jedenfalls, es ist vorbei. Ich hab ja meine Vögel.«

»Genau. Die Vögel«, wiederholte Andrea.

»Und weil ich immer ein bisschen besessen von der Idee war, das Haus, in dem ich aufgewachsen bin, irgendwann irgendwie wieder einmal zu bekommen, hab ich Amalie…«
»Das ist die Taube«, warf Wilfert erklärend ein. »Ich weiß, pscht!«, antwortete Andrea.

»… hab ich Amalie dort immer hingeschickt. Zum Haus.«

Andrea und Wilfert sahen dumm drein. Amalie machte »ru ru« aus ihrem Käfig, weil sie sich angesprochen fühlte.

»Es ist ein bisschen kompliziert«, stotterte Herr Flieg. »Sagen wir, ich habe eine klitzekleine Kamera an ihrem Bein montiert und sie hat dort ein klitzekleines bisschen für mich, äh, überwacht.«

»Cool. Das geht? Die wird nicht kaputt beim Herumfliegen?«

Andrea schlug Wilfert nicht ganz zärtlich auf die Hand. »Aber das ist ja nicht legal!«

»Nein. Legal ist es eigentlich nicht. Oder eigentlich überhaupt nicht, um es genauer zu sagen. Aber es ist so, beziehungsweise es war so, und jetzt schäme ich mich auch ordentlich dafür. Aber es geht jetzt um ganz um etwas anderes.«

»Begeistert bin ich nicht«, murmelte Andrea. Neugierig war sie trotzdem.

»Ich hab die Kamera dann hinuntergenommen. Also, nachdem Annegret Schluss gemacht hat. Aber nicht sofort. Mir ging es nicht gut. Ich hab gar nicht daran gedacht. Wenn die Kamera voll ist, dann überspielt sie den Speicherplatz einfach von neuem. Das heißt, dass auf dem Video die Aufnahmen der letzten drei Tage zu sehen sind. Und da wird es jetzt interessant für dich, Wilfert. Falls du immer noch an dem Fall dran bist.«

»Naja«, sagte Wilfert, »ist ja jetzt egal, erzähl weiter!« Er war höchst neugierig. Ob er noch an dem Fall dran war, wusste er im Moment selbst nicht so genau.

»Die Videoaufnahmen sind natürlich verwackelt und unscharf, das sind sie immer. Ich kann ja Amalie schwer sagen, dass sie ordentlich filmen soll.«

»Und jetzt braucht sie das zum Glück auch nicht mehr zu tun!« Andrea verschränkte die Unterarme und lehnte sich zurück. Wie ein Falke schien sie Egon zu beobachten. Kein unsympathischer Falke, aber ein Falke.

»Genau.« Egon Flieg lächelte. Die südsteirische Wilfertbraut hatte ein goldenes Herz, aber ganz pflegeleicht war sie sicherlich nicht.

»Jedenfalls, es gibt auf dem Video eine Stelle, da ist ein fremder Mann zu sehen. Ich kenne ihn nicht. Ist auch egal. Was auffällig ist, sie streiten. Sie streiten so, dass die Fetzen fliegen. Ich meine, Annegret geht so richtig auf ihn los, mit den Fäusten und so. Und da hab ich mir sofort gedacht, wer weiß, vielleicht ist das interessant für Wilfert.«

»Und weil du im Moment sowieso froh bist, abgelenkt zu werden, bist du hierhergekommen.«

»Ja. Ich hoffe, ihr lacht mich jetzt nicht aus.«

Andrea beugte sich nach vor. »Wir lachen dich überhaupt nicht aus. Schön, dass du da bist. Magst noch ein Gulasch?«

Das Video. Der Gedanke an das Video verunmöglichte weiteres gemächliches Gulaschessen. Das Video musste sofort angesehen werden.

»Ich hab eh alles mit«, grinste Egon Flieg und klappte seinen alten Laptop auf. »Und ich hab die wichtigste Stelle schon markiert, bei 155:34.«

»Davor ist nichts Relevantes zu sehen?«

»Du kannst es dir gern morgen von vorn bis hinten durchschauen. Es sind hauptsächlich drei Stunden Nussbaum drauf.«

Herr Flieg startete den Player bei 155:10. Man sah die Rinde des Nussbaums, stark vergrößert. Amalie war wohl ganz dicht an den Baum gedrängt gestanden. Bei 155:25 bewegte sie sich ruckartig und das Kameraauge schaute direkt in Annegrets Schlafzimmer. Mit ihm schauten Andrea,

Wilfert und Herr Flieg. Amalie und die Kamera bewegten sich noch einmal zitternd auf und ab, dann blieb das Bild ruhig.

In Annegrets Schlafzimmer stand Annegret. Es gab keine störenden Vorhänge oder sie waren sehr weit auf die Seite gezogen. Sie schien mit jemandem zu sprechen, der aus dem Bildausschnitt gefallen war. Sie gestikulierte. Dann sah man einen Arm von rechts in den Bildausschnitt greifen. Die zum Arm gehörige Hand wollte Annegret beruhigen. Annegret wich nach links aus und verschwand aus dem Bild. Wolf Balleis trat ins Bild. Wilfert und Andrea riefen aufgeregt allerlei Aufgeregtes. Amalie begann zu gurren.

»Pscht!«, machte Egon Flieg und wachelte seinerseits fahrig mit den Händen. »Da kommt noch was!«

Wilfert und Andrea hielten sich gegenseitig die ungeduldigen Münder zu. Wolf Balleis blieb im Bild. Annegrets Arm stieß von links wieder hinein, gefolgt von der ganzen Annegret. Sie drückte Wolf Balleis gegen die Brust. Als wollte sie ihn wegstoßen, nein, als wollte sie ihm etwas geben. Wolf Balleis wich nun seinerseits nach rechts aus. Seine Hände wehrten ab, er verschwand aus dem Bild, und alles was von ihm blieb, waren seine Abwehrhände. Da begann Annegret auf ihn einzuschlagen. Sie versuchte, seinen Kopf zu treffen. Es sah nicht ungefährlich aus. Wolf Balleis Hände waren nun verschwunden und Annegret war so weit nach rechts vorgerückt, dass man nur noch ihren Rücken sehen und ihre Schlagbewegungen erahnen konnte.

Das nächste Bild war ein Standbild aus Grün und Braun. Amalie musste sich ruckartig bewegt haben. Egon Flieg drückte auf die Stopptaste.

»Das war Wolf Balleis!«, riefen Wilfert und Andrea wie aus einem Munde.

»Das war Wolf Balleis?«, antwortete Herr Flieg.

»Ja.« Wilfert räusperte sich. »Und jetzt muss ich erst einmal nachdenken.«

»Ich kenn mich jetzt überhaupt nicht mehr aus«, sagte Herr Flieg. Andrea schwieg und kratzte sich unter dem rechten Ohr. Wilfert nahm seine Brille ab und begann, sie gedankenverloren mit einer Serviette zu putzen.

»Ganz offensichtlich kennen sich die beiden. Das kann man ja mal so stehenlassen«, begann Wilfert. »Und sie haben sich gestritten. Das sieht man ja. Aber woher kennen sie sich? Über Uwe Becker?«

»Ja, das wird es wohl sein«, murmelte Herr Flieg. »Vielleicht hat Annegret ihren Mann einmal in Spielfeld besucht. Wahrscheinlich hat sie ihn auch ab und zu auf eine Veranstaltung begleitet.«

»Die feiern ja auch dauernd, die Weinbauern«, ergänzte Wilfert. »Jungwinzerkalenderpräsentationen und Verkostungen und Prämierungen oder einfach so. Da wird Annegret schon ab und zu dabei gewesen sein. Aber warum fährt Wolf Balleis bis nach Wien und besucht die Witwe seines toten Kellermeisters?«

»Sie hat ihm etwas gegeben. Habt ihr das nicht gesehen?« Andrea hatte wieder ihre ganz leise Stimme. Wie immer, wenn die Rede auf Wolf Balleis kam.

Egon Flieg und Wilfert sahen sich an. Wilfert legte eine Hand auf Andreas Hand und streichelte sie ein bisschen. Herr Flieg drückte am Laptop herum und startete dann noch einmal das Video. Man sah Annegret etwas auf Wolf Balleis Brust drücken, das er nicht nehmen wollte. Er wich zurück.

»Da!«, rief Andrea.

»Tatsächlich!«, rief Wilfert. Beim Zurückweichen von Wolf Balleis war, man sah es fast nicht, etwas Kleines zu Boden geflattert. Geflattert, wohlgemerkt, wie eine Karte oder ein Blatt Papier. Amalie machte wieder »ru ru«. Wenn alle so aufgeregt waren, war sie es auch.

Amalie, die Supertaube

Im Reich der Tierweltliteratur ist es nämlich so: Es gibt Agentenhunde, mafiose Detektivkatzen, Judogroßmeisterschweine und Mutantensuperschafe sowieso. Es gibt sogar eine Superhenne namens Hanna. Was es nicht und nirgends gibt, ist eine überdurchschnittlich begabte Taube. Amalie wurmte das ungemein. Leider war es ihr nicht ins Nest gelegt, sich anders auszudrücken als per Gurren oder Wildem-im-Käfig-auf-und-Abspringen. Aber Letzteres tat sie jetzt. Sie war sonst eine sehr gesittete Taube. Wenn das Randalieren nicht auffiel, dann wusste sie auch nicht weiter.

Tatsächlich war am Tisch um das Video so ein Aufruhr entstanden, dass Amalie ungefähr sieben Minuten wild im Käfig springen musste, bevor irgendwer sie bemerkte. Als Herr Flieg sich ihr endlich näherte, rupfte sie sich erschöpft eine Feder aus dem Schwanz und steckte diese durch das Gitter. Egon Flieg wusste natürlich nicht, dass das ein Versuch zur Kommunikation war. Sie hatte das auch noch nie zuvor gemacht. Aber zumindest hatte Amalie seine Aufmerksamkeit.

»Was ist mit der Taube?«, fragte Wilfert. »Hat sie das öfters?«

»Nein«, schüttelte Herr Flieg den Kopf, »so hab ich sie noch nie erlebt.«

»Vielleicht will sie irgendetwas? Vielleicht sind wir ihr einfach zu laut hier.«

»Das kann schon sein. Aber schaut mal, die Feder!«

Entnervt hielt Amalie immer noch die Feder durchs Gitter, zog sie aber schnell zurück, als Herr Flieg sie nehmen wollte.

Andrea stand auf, ging zum Käfig und betrachtete sinnierend die Taube.

»Vielleicht hat es etwas mit dem Video zu tun«, murmelte sie schließlich. »Sie ist so aufgeregt geworden, als wir das Video gespielt haben. Wilfert, spiel es doch noch mal an!«

Wilfert drückte noch einmal auf *play*. Alle drei beobachteten Amalie, die, als Wolf Balleis von Annegret bedrängt in die rechte Ecke wich, sofort wieder begann auszuflippen.

»Lass sie raus, Egon«, rief Andrea. Sie hatte eine Idee. »Es kann ihr ja nichts passieren, oder?«

»Na ja, sie ist das erste Mal hier. Ich weiß nicht, ob das so gescheit ist.« Herr Flieg war nicht überzeugt.

»Aber sie ist doch eine Brieftaube. Sie kennt sich aus. Lass sie raus! Sie kommt schon wieder.«

Andrea konnte sehr überzeugend sein und wusste das auch. Sie fasste Egon Flieg sachte am Oberarm und sah ihn durchdringend an. Egon Flieg wandte sich an Wilfert.

»Was meinst du?«

Wilfert zuckte nur mit den Schultern. »Kann ja nicht schaden, glaub ich.«

Also schob Egon Flieg den Riegel des Käfigs zur Seite. Amalie konnte gar nicht glauben, dass man sie so schnell so gut verstanden hatte. Sie hatte sich auf eine stundenlange Prozedur eingestellt. Aber gut, so war sie noch frisch genug, um zu fliegen.

Andrea öffnete die Tür des Wirtshauses. Draußen war alles dunkel und ruhig. Nur die Autobahn hörte man stetig rauschen. Vom Hauptplatz her funzelte eine einzige Straßenlaterne. Amalie reckte ihre Federn und hüpfte auf den

Boden. Sie schüttelte sich noch einmal, nahm dann Anlauf, breitete ihre Flügel aus, spuckte kräftig auf den Boden – und weg war sie.

»Hoffentlich war das eine gute Idee«, murmelte Herr Flieg. Die Lust auf Gulasch war ihm jetzt vergangen.

Andreas Geschichte

Am nächsten Vormittag saß Egon Flieg in der Gaststube, rührte sein Frühstück nicht an und zweifelte. Was da wohl in ihn gefahren war, Amalie an einem wildfremden Ort auszulassen? Mitten in der Nacht. Er hätte nicht so viel trinken sollen. Jetzt tat ihm obendrein der Schädel weh. Er rührte missmutig in seinem Kaffee.

»Mach dir keine Gedanken! Sie kommt bald wieder, wirst sehen.« Andrea legte ihm eine Aspirin neben die Tasse. »Bist es nicht so gewohnt, gell?«

Herr Flieg konnte Andreas Charme nicht widerstehen, schluckte die Aspirin und versuchte zu lächeln.

»Guten Morgen.« Auch Wilfert hatte schon einmal frischer geklungen. »Ist sie schon wieder da?«

Andrea und Herr Flieg schüttelten den Kopf. Wilfert setzte sich an den Tisch und schenkte sich Kaffee ein. Um diese Zeit war so gut wie gar nichts los im Gasthaus Gloitzsch. Die Gäste, die hier waren, um die Rebenwanderwege abzugehen und hernach in die Buschenschänken einzufallen, waren alle schon auf dem Weg. Die Mittagsgäste würden noch länger nicht auftauchen. Auch Jana würde erst gegen zwölf einmarschieren. Andrea konnte sich dazusetzen. Mit einem riesigen Großmutterhäferl voller Milchkaffee wärmte sie ihre Finger. Draußen ratterte ein roter Postbus vorüber. Dann war es einen Moment lang ruhig.

»Ich werd euch jetzt etwas erzählen«, begann Andrea. »Und zwar meine Geschichte mit den Balleis. Ich will nicht unterbrochen werden.« Wilfert wusste um die Ernsthaftigkeit dieser Ankündigung und konnte nur hoffen, dass Herr

Flieg das auch bemerkte. Es war ein großer Schritt für Andrea, sich herzusetzen und ihre Geschichte zu erzählen. Er umklammerte seine Tasse und hielt den Mund. Wilfert, das machst du ausnahmsweise ziemlich gut.

Unterm Strich war dann alles gar nicht so schlimm oder eigentlich war es sehr schlimm. Das, was Andrea ihnen an diesem Vormittag, in dieser halben Stunde in der Stube des Gasthaus Gloitzsch erzählte, war eigentlich und unterm Strich schlicht unglaublich.

Wolf Balleis ist kein guter Mensch

Andrea war ein Kind des Dorfes. Sie wuchs auf einem Weingut auf, das ziemlich paradiesisch war. So schilderte sie es jedenfalls. Leider war dieses Paradies auch zunehmend verschuldet, aber solange man noch ein Kind ist, bekommt man das ja nicht so mit.

Als Andrea sich auf dem Weg zum Erwachsensein dann dafür zu interessieren begann, warum die Eltern nie genug Geld hatten, da war es schon fast zu spät. Der Hof müsse verkaufte werden, hieß es, und der Vater machte sich daran, einen Käufer zu finden. Gleichzeitig war Andrea zu einem hübschen und lebenslustigen jungen Mädchen herangereift. Sie war sozusagen der Gewürztraminer unter den Trauben gleichaltriger Bauerntöchter. Die Männlichkeit begann, sich für sie zu interessieren. Andrea interessierte sich zurück. Es gab so Festlichkeiten, an denen man sich unweigerlich nicht gegenseitig ausweichen konnte oder wollte. Es gab den Faschingsball im Grenzlandhaus. Es gab den ersten Kuss um Mitternacht und es gab das erste Geschmuse um ein Uhr früh. So war das, und am nächsten Morgen war der Wolf immer noch willens, sich mit der hübschen und lebenslustigen, aber leider bettelarmen Andrea abzugeben. Das hieß schon was. Das musste er erst einmal seinen Eltern beibringen.

»Er hat sich sehr korrekt verhalten. Er hat mich verteidigt. Seine Eltern wollten halt einfach irgendeine andere. Eine mit Geld. Vor allem der Jutta war das wichtig.«

»Der Jutta? Der lieben Frau Jutta?« Wilfert schien ungläubig.

»Doch, doch, der Jutta. Umsonst wären die ja nicht so reich geworden. Da war sie schon auch immer ein bisschen dahinter.« Der Wolf hatte es dann irgendwie zuwege gebracht, dass seine Eltern nichts mehr gegen diese Beziehung hatten. Wie er das geschafft hatte, erfuhr Andrea erst viel später. Man könnte auch sagen: zu spät. »Es hat da einen Vertrag gegeben. Wir haben ja geheiratet.«

»Das ist mir völlig neu.« Wilfert riss die Augen auf und griff sich an den Kopf.

»Tut mir leid«, antwortete Andrea.

»Pscht!«, sagte Egon Flieg zu Wilfert.

»Wir haben also geheiratet. Der Wolf würde unseren Hof übernehmen. Sich um alles kümmern. Wir dürften darauf wohnen bleiben. Meine Eltern vor allem, für meine Eltern war der Hof ja ihr Leben.« Andreas Stimme brach weg.

»Gleich wird sie zu weinen beginnen«, dachte Egon Flieg. Aber schon hatte sie sich wieder im Griff.

»Und so haben wir es dann auch gemacht. Ein Jahr lang ungefähr ist alles gut gewesen. Dann hat es angefangen. Oder vielleicht hat es auch schon vorher angefangen und ich habe es nur nicht gemerkt. Ich weiß es nicht mehr so genau. Auf jeden Fall. Die Jutta ist uns ab und zu besuchen gekommen. Immer öfter. Zum Schluss ist sie fast jeden Tag einmal hereinspaziert. Sie hat auch gar nicht mehr geklopft. Sie hat immer was gesehen, was ihr nicht gepasst hat. Und sie hat so eine Art, man kann ihr fast nicht dagegen reden.

Meine Eltern haben sich aufgeregt, aber sie haben sich lange nichts zu sagen getraut. Ich hab das alles gar nicht gemerkt, zuerst. Ich hab doch auch gearbeitet. Eigentlich ist es meine Schuld. Und wie sich dann meine Eltern wirklich einmal aufgeregt haben, dass die Jutta immer kommt und dazwischensempert, da hat sich der Wolf sofort mit ihr auf ein Packel gehaut. Ich kann mich noch genau erinnern, ich bin gerade reingekommen bei der Küchentür, wie der Wolf meinen Eltern ins Gesicht gesagt hat: ›Ihr habts da jetzt gar nichts mehr zu reden. Das gehört jetzt alles uns.‹«

Andrea schluckte. Wilfert schluckte auch und Egon Flieg starrte ungläubig in seinen Kaffee. Das war eine Scheißgeschichte.

»Ich hab natürlich mit dem Wolf geredet. Was das soll. Dass das so nicht geht. Er hat gesagt, es steht alles im Vertrag, ich brauch mich gar nicht aufregen, wir hätten ja alles und obendrein keine Sorgen mehr. Dass es uns eigentlich viel zu gut gehe. So ist das hin- und hergegangen. Am übernächsten Tag steh ich im Weingarten und der Wolf ruft mich. Im gleichen Moment hör ich die Rettung. Die hört man bei uns nicht oft. Wirklich nicht. Und ich lauf den Berg herauf und seh, wie meine Eltern beide in den Krankenwagen getragen werden. Es war meine Schuld, der Vertrag, der Wolf, alles. Wie hab ich nur so blöd sein können? Der Wolf ist danebengestanden und hat mit den Rettungsmännern geredet, ganz normal, über das Wetter, über den Wein. Ich bin ins Rettungsauto. Ich bin mitgefahren, nach Wagna ins Krankenhaus. Aber meine Eltern sind nicht mehr aufgewacht.«

Alle schwiegen. Egon Flieg schlürfte an seinem Kaffee, als wollte er sich darin auflösen. »Andrea«, begann Wilfert, »ich wusste das nicht. Ich hätte dich niemals so bedrängen dürfen, zu den Balleis mitzukommen.«

»Das macht ja nichts. Du konntest es doch auch nicht wissen. Aber meine Eltern haben sich wegen denen umgebracht. Das werde ich der Bagage nie verzeihen.«

Abrupt stand sie auf und ging hinaus: »Ich muss nur kurz frische Luft schnappen.« Die Gasthaustür fiel hinter ihr zu.

Egon Flieg starrte Wilfert an. »Das ist ja furchtbar!«

»Ja. Das ist es«, bestätigte Wilfert. Er war schmähstad. Irgendetwas sagte ihm, dass die Geschichte mit den Balleis und den Beckers doch noch nicht vorbei war. Wenn die Balleis so Menschen waren, so... Menschen, für die ihm jetzt gerade kein Begriff einfiel, wer weiß, ob sie Uwe Becker nicht doch um die Ecke gebracht hatten?

Mojca hatte so etwas angedeutet. Aber sie hatte keine Beweise. Nur die Vermutung wegen der Spritzmittel. Der Artikel fiel ihm ein, den er vor Wochen gelesen hatte. Wie lange das schon her war! Ob der ihm weiterhelfen würde? Himmel, er kannte sich halt überhaupt nicht aus. Andrea rief nach ihm. Was sollte er auch über Spritzmittel wissen? Hier mussten wahrscheinlich alle Weinbauern Spritzmittel verwenden, um konkurrenzfähig zu bleiben. Der Zeitaufwand stünde nicht dafür, es anders zu machen, war in dem Artikel gestanden. Und das war sicher alles legal. Die Weinbauern hier würden nicht noch einmal einen Weinskandal wie in den Achtzigerjahren riskieren. Andrea rief noch einmal. Andrea rief. Andrea rief? Wo war er bloß mit seinen Gedanken. Wilfert rannte hinaus. Die Tür war weit offen. Egon war schon da. Beide kauerten am Boden. Vor ihnen saß: Amalie, die Supertaube.

Am liebsten hätte Amalie »Ruckediguh, Blut ist im Schuh!« gerufen, denn das war anscheinend das Einzige, was diese Menschen jemals von Taubenseite verstanden hatten. Aber jetzt waren sie wenigstens alle da und kümmerten sich um sie. Egon hatte sich eine Brezel von der Theke geschnappt und bröckelte kleine Stücke vor Amalie auf den Boden. Er wusste natürlich, dass sie Brezeln liebte. Amalie war geschmeichelt, aber auch sehr stolz auf sich.

Fast hätte sie auf das Foto vergessen, das sie immer noch im Schnabel hielt. Aber das war ja nun wohl eher was für den anderen Menschen.

Wilfert, der immer noch Respektabstand zur Taube hielt, wunderte sich ein bisschen. Amalie hoppelte auf ihn zu und legte das Foto vor Wilfert auf den Boden. Gottseidank hatte es nicht geregnet. Das Foto war in tadellosem Zustand, nur kleine Schnabelspuren trug es am Rand. Wilfert hob das Foto auf, Egon tat desgleichen mit Amalie. Während Egon Amalie streichelte, starrte Wilfert verwundert auf das Foto.

Der Mann darauf sah aus wie Wolf Balleis, aber er war es nicht. Er war blond und wirkte, soweit man das mithilfe eines Fotos beurteilen konnte, um einiges athletischer als Wolf. Er sah aus, als wäre er dessen Bruder. Wilfert drehte das Foto um und schlug sich auf die Stirn. »Ich bin so deppert!«, rief er. Dann rannte er in sein Zimmer. Er musste dringend mit Wien telefonieren.

Wilfert saß auf seinem Bett und raufte sich die Haare. Wilfert, Wilfert, das Detektivische, das solltest du dir vielleicht echt noch einmal überlegen. Gerade eben hatte er mit Annegret telefoniert.

Und warum hatte er mit Annegret telefonieren müssen? Weil er keine Ahnung gehabt hatte, wie Uwe Becker zu Lebzeiten ausgesehen hatte. In der ganzen Zeit, in der er mit diesem Fall beschäftigt gewesen war, in der er in Wien und in Spielfeld recherchiert hatte, war er nie auf den Gedanken gekommen, nach einem Foto zu fragen. Das musste erst Amalie bringen, und woher die gewusst hatte, was Wilfert genau in diesem Moment weiterhelfen würde, war sowieso ein Rätsel. Es musste irgendetwas mit dem Video zu tun haben.

Das Foto war es gewesen, was Annegret Wolf Balleis auf dem Video vor die Brust gedrückt hatte. Er musste sie dringend danach fragen. Da stimmte doch irgendetwas nicht. Das, was Wilfert Annegret am Telefon gefragt hatte, war, wie Uwe Becker ausgesehen hatte, und die Beschreibung war deckungsgleich gewesen. Sicherheitshalber ließ er sich noch ein Foto mailen. Inzwischen saß er auf seinem Bett, raufte sich wieder die Haare und sah ein ums andere Mal auf das taubenschnabelmarkierte Bild, auf dem, wenn man es umdrehte, Folgendes stand: »Uwe Becker, 2008«. Außerdem stand darauf, in einer anderen Handschrift und in einer anderen Farbe, auch eine Zeitangabe: »Mittwoch, 22 Uhr«.

Damit fing Wilfert im Moment gar nichts an. Vielleicht war es aber auch nicht weiter wichtig. Vielleicht hatte Annegret nur schnell etwas auf dem Foto notiert, weil sie keinen anderen Zettel zur Hand hatte. Telefonierend kritzelte man schnell allerlei voll. Wilferts Hotmail machte »ping« und Annegrets Mail war da. Das Foto war ziemlich gut aufgelöst und es dauerte ein bisschen, bis es sich aufgebaut hatte, aber dann gab es keinen Zweifel mehr. Das war Uwe Becker.

Auf beiden Fotos, analog und digital, sah man Uwe Becker. Auf beiden Fotos zeigte er eine große Ähnlichkeit mit Wolf Balleis. Das bedeutete nicht nur, dass Annegret irgendeine Verbindung zu Wolf Balleis haben musste. Auch darauf hatte er sie noch nicht angesprochen. Er hatte das leise Gefühl, dass ein besserer Zeitpunkt erst noch kommen würde. Die Antworten, die er brauchte, die würde er vielleicht von Wolf Balleis bekommen. Wilfert war sich sicher, dass Wolf Balleis und Uwe Becker Brüder waren. Er brauchte nur noch eine Bestätigung.

Wilfert muss was bestätigt kriegen

Andrea war alles andere als begeistert, als Wilfert erklärte, er müsse noch einmal zu den Balleis fahren. Das Mittagsgeschäft werde jetzt bald losgehen, und überhaupt habe sie jetzt gerade keine Zeit für seine Geschichten. Sie war wirklich grantig. »Darf ich?«, sagte sie zu Egon, hielt ihm den ausgestreckten Arm hin und wartete, bis Amalie darauf Platz genommen hatte. »Ich bringe sie zurück ins Zimmer. Wer weiß, wie lange sie geflogen ist. Sie muss sich sicher ausruhen.« Amalie gurrte dankbar und schnäbelte zärtlich an Andreas Ohr. Alle fliegen auf Andrea, dachte Wilfert, sogar die Vögel.

»Ich kann ja mitkommen«, sagte Egon Flieg, »oder dich zumindest hinbringen. Wenn Andrea mir ihr Auto borgt. Ich wollte sowieso ein bisschen spazieren gehen. Und später hole ich dich dann wieder ab.«

Eine halbe Stunde später stieg Wilfert aus Andreas Opel und winkte Egon Flieg noch einmal zu. Dann ging er langsam über den Hof. Von weither hörte er Arbeiter einander etwas zurufen und eine leichte Brise brachte den Klapotetz hinter dem balleisschen Presshaus zum Musizieren. Gerade als er eintreten wollte, kam Mojca heraus.

»Grüß Sie, Frau Mojca!«, sagte Wilfert.

»Skott«, antwortete Mojca mit den unsichtbaren Haaren auf den Zähnen und ging an ihm vorüber. In beiden Händen trug sie Kübel mit Essensresten. Anmerken ließ sie sich nichts. Wilfert ging ein paar Schritte ins Haus und rief dann »Hallo!« und »Grüß Gott!«

»Herein!« Jutta Balleis saß am Tisch und schälte dampfende Erdäpfel.

»Mei, der Herr Wilfert. Grüß Gott, grüß Gott. Das ist aber eine Freude, dass Sie uns noch einmal besuchen. Haben Sie die Andrea auch wieder mitgebracht?«

»Es ist bald Mittag, sie muss das Gulasch vorbereiten.«

»Mei, die Andrea ist aber auch eine Fleißige. Und so ein fesches Dirndl. Haben Sie Hunger? Darf ich Ihnen was herstellen?«

Jetzt schnell reagieren, bevor er vor einem mehrgängigen Mittagessen saß und sich hier nie wieder würde wegrühren können.

»Eigentlich, Frau Jutta, eigentlich wollte ich mit Ihrem Sohn sprechen. Mit dem Wolf, wenn das geht. Ist er gerade da?«

»Den Wolf wollen Sie sprechen? Ja warum denn? Und keine Suppe? Ich hab heute so eine gute Suppe! Schwammerlsuppe, mit Heidensterz!«

Abwehrend hob Wilfert die Hände.

»Ich muss ihn nur noch etwas fragen wegen dem Uwe Becker. Es ist nur eine Kleinigkeit. Nichts Schlimmes. Und ich kann wirklich nichts essen, sonst ist die Andrea beleidigt, wenn ich ihr das Gulasch nicht esse.«

Das war eine schnelle, aber gute Lüge. Andrea wartete nicht auf ihn, und sie erwartete vor allem nicht, dass er schon wieder ihr Gulasch aß, mochte es noch so einzigartig sein.

»Mei, da muss ich jetzt selbst schauen, gell? Ich ruf einmal rüber an ins Presshaus. Oder, am besten, gehen Sie gleich selbst hinüber? Dort ist es so laut, er hört er das Telefon meistens eh nicht. Mei, ich bild mir halt ein, dass er grad drüben ist.«

»Freilich, Frau Jutta, ich schau gleich selbst. Ist ja gar kein Problem. Vielen Dank!«

»Und schauen Sie nachher noch einmal bei mir rein, ja? Dann geb ich ein paar Weinstrauben mit, für die Andrea und Sie, gell?«

Wilferte lächelte sich seinen Weg zurück hinaus. Das Presshaus kannte er ja bereits.

Wilfert hielt Wolf Balleis das Foto unter die Nase. Wolf Balleis wartete erklärende Worte gar nicht ab. Er fing gleich an zu reden.

»Jetzt sind Sie mir wohl auf die Schliche gekommen. Ich dachte, ich würde Sie nie wieder sehen. Der Rehbock hat Ihnen wohl nicht genug Angst gemacht.«

Wilfert war verwirrt. »Aber warum wollen Sie mich denn unbedingt loswerden?«

Wolf Balleis wischte eine ungeduldige Handbewegung in die Luft: »Ausspotten kann ich mich selbst. Ich weiß genau, warum Sie hier sind. Wegen der Annegret. Sie haben ja das Foto.«

Wilfert hatte plötzlich das brennende Bedürfnis, sich eine rote Gauloises anzuzünden und cool dreinzuschauen. Da war noch etwas anderes mit Wolf Balleis. Wilfert wusste nur noch nicht, was. »Rauchen Sie?«, rutschte es ihm raus.

Wolf Balleis würgte ein Softpack aus der Brusttasche (rote Gauloises, es war Wilferts Glückstag) und hielt es Wilfert hin.

»Wahrscheinlich verstehen Sie das Ganze nicht. Deswegen haben wir das ja auch geheim gemacht. Es tut mir sehr leid, dass die Annegret jetzt draufgekommen ist, wo der Uwe tot ist. Das wäre nicht mehr nötig gewesen.«

Bumstinazl, würde Wilferts Mama sagen. Wilfert hatte keine Ahnung, wovon Wolf Balleis sprach. Aber das durfte er sich unter keinen Umständen anmerken lassen. Er konnte nur ungefähr in die richtige Richtung raten, damit Wolf Balleis weitersprach.

»Ja, Frau Becker muss gerade viel aushalten.« Das war gut, Wilfert, das konnte sich auf alles Mögliche beziehen und auf jeden Fall auf den Tod ihres Gatten.

»Ich hätte es ihr ja nicht gesagt. Wenn sie das Foto nicht gefunden hätte. Daran hab ich ja gar nicht mehr gedacht. Uwe hat sonst immer alles weggeworfen.«

Jetzt wusste Wilfert nicht mehr so recht weiter. Er versuchte es mit: »Und mit dem Foto war dann alles klar.«

»Ja. Annegret ist ja nicht auf den Kopf gefallen, nur weil sie keine Gesichter erkennt. Mit dem Foto hat sie dann gleich alles richtig erraten. Dass ich ab und zu mit ihr Sex gehabt habe. Wenn das jemand erfährt, sind wir ruiniert!«

Nun meinte er wohl die Balleis-Dynastie als großes Ganzes. Aber wie war das mit dem Sex!?

»Wie war das mit dem Sex?« Wilfert verschluckte sich beim Inhalieren. Er sollte schneller denken und langsamer sprechen. Wolf Balleis beäugte ihn argwöhnisch, konnte aber dann doch nicht an sich halten.

»Na, jetzt tun Sie halt nicht so. Jetzt wissen Sie eh schon alles.«

»Um die Wahrheit zu sagen, ich weiß eigentlich gar nichts. Ich bin hierhergekommen, weil ich die Vermutung gehabt habe, dass Uwe Becker Ihr Bruder war. Das war alles. Ich wollte nur eine Bestätigung.«

Wolf Balleis zündete sich noch eine Zigarette an und inhalierte tief. Dann erzählte er die Geschichte von Uwe Becker und sich. Am Ende der Geschichte war Wilfert um einiges klüger. Uwe Becker war wirklich ein Bruder vom Wolf Balleis. Ein Halbbruder, um genau zu sein, der nie Aufnahme in das Imperium der Balleis gefunden hatte. Es hatte ihn wohl auch nie danach verlangt. Beide hatten sich erst im Erwachsenenalter kennen gelernt.

Und wie? Sie hatten sich auf einer Fachmesse für Weinbau getroffen und über ihr ähnliches Äußeres gelacht. Wie witzig. Bis sie draufkamen, dass sie tatsächlich miteinander verwandt waren, mussten sie sich erst durch eine Schicht des Schweigens kämpfen. Jutta Balleis' verstorbener Gatte hatte sich seinerzeit von seinem Bastard freigekauft. Jutta Balleis wollte nicht, dass irgendwer von diesem Freikaufen oder gar dem betreffenden Kind erfuhr.

Daran hielt sich Wolf Balleis unter der Bedingung, dass er seinen Bruder als Kellermeister beschäftigen durfte. So waren sich die beiden schnell nähergekommen. Wolf Balleis fand, was er nie gehabt hatte, einen Bruder. Uwe Becker fand, zumindest ansatzweise, Familienanschluss. Wolf und Uwe arbeiteten zusammen und sie vertrugen sich gut.

An einem Abend mit mehreren Flaschen Morillon und Sauvignon Blanc erzählte Uwe Becker seinem neuentdeckten Bruder von seiner Frau Annegret. Von ihrem Handicap, wie er es nannte. Von beider Betterlebnisse. Sie tranken und machten rüde Witze und lachten laut darüber. Aber beide dachten auch am nächsten Tag über dieses Gespräch nach.

Die Wahrheit nämlich war, dass Uwe Becker Sex gerne hatte. Allerdings hatte er Sex am liebsten ohne jeglichen Körperkontakt. Den reduzierte Annegret ihm zuliebe ohnehin bereits auf das Minimum. Soviel wusste auch Wilfert bereits.

Was er nicht wusste und was auch Annegret erst vor ein paar Tagen erfahren hatte, war, dass Wolf Balleis und Uwe Becker an manchen Abenden ihre Plätze tauschten. Wolf Balleis durfte sich an Annegret delektieren, während Uwe

Becker versteckt seine Aufregung abarbeitete. Alle waren glücklich, nur Annegret fühlte diese diffuse und zunehmende Unsicherheit in Bezug auf ihren Sexualpartner, die sie dazu brachte, sich an Wilfert zu wenden. Weil ihre Augen verbunden waren, weil sie an Gesichtsblindheit litt, weil sie instinktiv spürte, dass da etwas nicht stimmte. Und weil die Gerüche nicht mehr zusammenpassten.

Das alles war abrupt vorbei, als Uwe Becker im Balleisschen Presshaus verunglückte. Und Wilfert auf seine große Reise geschickt wurde.

»Werden Sie uns erpressen?«

Wilfert machte große Augen.

»Äh«, sagte er, »nein«, sagte er, »hab ich nicht vorgehabt.«

Der Gedanke war nur ganz kurz verlockend. Dann war er es wieder nicht mehr.

»Ich wollte eigentlich nur wissen, was es mit dem Foto auf sich hat. Und jetzt kenne ich die ganze Geschichte. Das befriedigt zwar meine Neugier, hilft mir aber auch nicht weiter. Nein, wissen Sie, ich möchte die Geschichte gerne als abgeschlossen betrachten. Ich habe viel gelernt. Ich habe die Südsteiermark kennengelernt. Vielleicht können wir das so stehen lassen.«

»Und Sie haben Bekanntschaft mit Andrea gemacht.« Wolf Balleis lächelte, nicht anzüglich, aber er lächelte: »Wissen Sie, das ist eine tolle Frau.«

»Ja, das ist sie.« Wilfert wandte sich nach draußen: »Danke für die Zigarette!«

»Hier, nehmen Sie noch eine!« Wolf Balleis gab ihm Feuer. »Ich muss jetzt ohnehin über die Grenze, noch welche kaufen. Duty free. Auf Wiedersehen. Vielleicht sehen wir uns ja wieder.«

»Danke. Auf Wiedersehen.«

Wilfert ging ein paar Schritte Richtung Weingarten, sah in die Hänge voller Reben und rauchte gedankenverloren. Er hörte Wolf Balleis in sein Auto steigen und den roten Lamborghini davonrauschen.

Der Klapotetz sang noch immer sein Lied von Anstrengung und Freude der Weinlese. Ein schönes Geräusch war das. Überhaupt war es hier sehr schön. Minus ein paar der Menschen, die Wilfert kennengelernt hatte, wäre es hier ein Paradies. Zum ersten Mal hatte Wilfert Zeit und Muße, sich die Stimmung, die Farben, die Hügeligkeiten zu Gemüte zu führen. Hier könnte man schon bleiben, wenn man zum Beispiel die passende Frau gefunden hatte. Vielleicht kannte sich diese Frau auch noch mit Wein und Bier aus, und vielleicht konnte sie außerdem hervorragendes Gulasch zubereiten. Das mit seinen Söhnen würde er schon irgendwie deichseln. Sie könnten auf jeden Fall immer alle Ferien bei ihm verbringen. Vielleicht würde er doch wieder ein bisschen mehr schreiben. Vielleicht für ein Südsteiermarkmagazin. Er bückte sich, um die Zigarette auszudämpfen und den Stummel einzustecken. Als er sich wieder aufrichtete, bekam er aber sowas von eine drübergezogen. *Bumstinazl.*

Die Nudelsuppe

»Mei, Sie glauben wohl, ich bin auf der Nudelsuppen dahergschwommen?« Jutta Balleis leuchtete Wilfert mit der Kerze ins Gesicht, ganz nahe, als wollte sie ihm die Nasenhaare verbrennen.

»Das hat meine Mutter auch immer gesagt«, krächzte Wilfert, und: »Wo bin ich?«

»Ihre Mama war eine gescheite Frau. Sie hat Ihnen sicher auch gesagt, dass man sich aus fremden Angelegenheiten raushalten soll, gell?«

»Ich weiß nicht«, antwortete Wilfert, »im Moment interessiert es mich auch nicht so. Wo bin ich?«

»Mei, Sie sind halt da, wo Sie keiner hören kann. Sie können nachher ruhig schreien, wenn ich gegangen bin. Da hört Sie keiner. Ich muss das leider machen, gell? Ich muss meine Leut beschützen.« Ihre Hochsteckfrisur hatte sich aufgelöst. Mit den ins Gesicht hängenden Haaren sah sie aus wie eine betagte Rachegöttin.

»Ihre Leute? Aber ich tu Ihren Leuten ja gar nichts!« Wilfert bemerkte erst jetzt, dass er an Armen und Beinen gefesselt war. Das Gefühl in seinem Körper schien langsam zurückzukommen, um gleich wieder abgetötet zu werden. Oma Balleis hatte ihn ganz schön fest eingewickelt.

»Mei, das hab ich ja vorher gemeint. Das sagen Sie jetzt! Aber ich bin ja nicht blöd. Der Wolf ist viel zu gutmütig. Aber wenn ich nicht immer alles richten tät, würd alles den Bach runter gehen.«

»Ich tu Ihren Leuten nichts«, wiederholte Wilfert. Langsam gewöhnten sich auch seine Sehnerven an die Dunkelheit. Jutta Balleis saß vor ihm auf einem kleinen Schemel. Sie hielt eine Kerze in der Hand. In die Kerze schauen machte Wilferts Augen brennen.

»Ich würd Ihnen ja so gern glauben, gell. Aber wissen Sie, Sie müssen ja gar nichts tun. Sie müssen nur ein bissl rumerzählen. Das ist das Blöde daran, wenn man so neugierig ist. Dann weiß man zu viel. Und Sie brauchen nur mit der Andrea bei einem Glaserl Wein zusammenzusitzen und ein bissl herumzutratschen und schon weiß ganz Spielfeld, was sag ich, ganz Leibnitz Bescheid.«

»Aber über was denn?!«

»Mei. Herr Wilfert. Der Wolf hat immer geglaubt, seine Sexgeschichten gehen mich nichts an. Tun sie eh nicht. Aber ich hab meine Spione überall. Ich weiß alles. Wir sind hier schließlich am Land. Wenn das rauskommt, was der Wolf gemacht hat, dann heißts gleich, die Balleis sind pervers. Am Land ist man ganz schnell pervers. Abnormal. Das verstehen Sie schon, gell?«

»Was haben Sie denn jetzt vor mit mir?«

Sie schien ihn gar nicht zu hören.

»Und das wär gar nicht das Schlimmste. Aber dass der Josef, mein Mann, Gott hab ihn selig, dass der noch ein lediges Kind ghabt hat. Das geht nicht. So bemüht hat er sich, dass der Bastard uns nicht dazwischenpfuscht!«

Wilfert dämmerte Schlimmes: Die Rachegöttin mit der Kerze hatte Uwe Becker auf dem Gewissen.

»Haben Sie den Uwe Becker…?«

»Ja mei, was hätt ich denn tun sollen! Der war zwar ganz anders als Sie, Herr Wilfert, aber das Problem war das gleiche. Der hat uns nicht gut getan. Der wollte anerkannt werden, ganz offiziell. In die Erbfolge eintreten. Und das Allerschlimmste war, der Wolf hat ihn gern gehabt. Ich weiß auch nicht, was der in ihm gesehen hat. Alle beide haben sie geglaubt, sie hätten da was zum Mitreden. Aber da haben sie sich geschnitten. Und wie der Uwe dann tot war, da hat der Wolf mir auch wieder ein bisschen besser zugehört, wenn ich was zum Sagen gehabt hab.«

Die verrückte Alte mit den lebenslustigen Lachfältchen hatte Uwe Becker tatsächlich ins Jenseits befördert. Wilfert wollte gar nicht wissen, wie sie das zuwege gebracht hatte.

»Wollen Sie gar nicht wissen, wie ich das gemacht hab?«

Wilfert seufzte.

»Das war ganz einfach. Zu einem Versöhnungstrankl hab ich ihn eingeladen. Wir sind in der Küche gesessen. Ich hab einfach immer Tee getrunken. Der hat das gar nicht gemerkt und ist immer lustiger geworden. Ist eh gut. Betrunken stirbt sichs leichter. Und dann hab ich ein Gschichtl druckt, im Presshaus, die neue Technik und so. Dass er mir halt alles einmal erklären soll. Dass ich mich drüber sehr freuen tät. Wir sind zusammen hinübergegangen. Ich hab ihn nur ein bisschen angeschubst. Er war ja schon so angsoffen. Und dann hab ich ihm noch einen Wein eingeflößt. Und die Nase zugehalten. Irgendwann hat er sich dann nicht mehr gerührt. Mei, da war ich nachher ganz schön zittrig.«

Wilfert schluckte. Wenn die Alte Uwe Becker umgebracht hatte, war vielleicht auch, was sein, Wilferts, Leben anging, Gefahr im Verzug. Sie stand auf. Ihren Stock schien sie dabei nicht zu benötigen.

»Sie haben keine Ahnung, Herr Wilfert, was es heißt, die Familie zusammenzuhalten. Mein Lebtag lang hab ich immer nur gearbeitet. Ich lass das doch jetzt nicht alles den Bach runtergehen!«

»Und die Eltern von Andrea? Haben Sie die auch umgebracht?«

Vor einer halben Stunde hätte Wilfert in Bezug auf Jutta Balleis niemals solche dunklen Gedanken gehabt.

»Nein. Das waren Taugenichtse. Nichtsnutze. Die haben sich schon selber das Gas aufdreht. Ich war eh immer dagegen, dass der Wolf sich mit so einer einlässt.«

Jutta Balleis zog eine zweite Kerze aus der Schürzentasche.

»Schauen Sie, Herr Wilfert, Sie sind in unserem alten Weinkeller. Wir benutzen den schon lange nicht mehr. Früher hat man den Leuten immer eine Kerze mitgegeben, wenn sie hier runtergehen mussten. Wenn die Kerze ausging, wussten sie, dass es Zeit war, schleunigst wieder raufzugehen. Weil das heißt, die Luft geht gleich aus.«

Wilfert schluckte noch einmal.

»Warum tun Sie das, Frau Balleis? Ihre guten Buchteln!«

Jetzt stammelte er. Er hatte Angst und der Strick oder die Wäscheleine, oder mit was auch immer sie ihn da gefesselt hatte, schnitt ihm in die Hand- und Fußgelenke.

»Mei, das hab ich Ihnen ja grad gsagt. Weil ich nicht auf der Nudlsuppen dahergeschwommen bin.«

Dann ging Jutta Balleis weg. Wilfert sah, wie sich ihr Kerzenschimmer entfernte, hörte sie die Steinstufen hinaufschlapfen. Dann fiel eine dicke hölzerne Tür ins Schloss und wurde mehrmals verriegelt.

Wilferts Kerze flackerte, aber sie brannte.

Das war ein schöner Spaziergang. Egon Flieg hatte einen verlassenen Traktorweg gefunden, der durch einen alten Weingarten führte. Der Weingarten und der Traktorweg waren schon ein bisschen zugewachsen. Rundherum hörte man nichts. Nur Grillen und ab und zu das Keckern eines Fasans. Von ganz weit weg einen Klapotetz.

Egon Flieg befand sich schon auf der slowenischen Seite, aber das wusste er nicht. Hier war es schön, hier konnte er ein wenig an Annegret denken, und an die schöne Zeit, die sie zusammen verbracht hatten.

Als er auf sein Handy sah, erschrak er. Erstens, weil er im slowenische Netz war. Zweitens, weil er die Zeit übersehen hatte. Zweieinhalb Stunden waren schon vergangen, seit er Wilfert abgesetzt hatte. Ausgemacht war gewesen, dass er ihn bereits nach eineinhalb Stunden wieder bei den Balleis abholen würde. Aber Wilfert würde ihm nicht böse sein, wenn er ihm von dem schönen Spazierweg erzählte, den er gefunden hatte.

Am Parkplatz der Balleis war er schnell. Von Wilfert sah er weit und breit nichts. Vielleicht war er schon zu Fuß vorangegangen, vielleicht saß er aber auch noch drinnen in der Küche bei einer weißen Mischung. Egon Flieg beschloss, zuerst drinnen zu fragen. Er betrat das Haus der Balleis auf ähnliche Weise, wie es Wilfert vor etwa zweieinhalb Stunden betreten hatte: mit vielen Grüßgotts und Hallos. Jutta Balleis kam ihm entgegen. Ganz kurz befürchtete Herr Flieg, eine albtraumentsprungene, uralte Hexe vor sich zu haben – Jutta Balleis' Haare hingen wirr über ihre Schultern, ihr Atem roch nach Sliwowitz, und ziemlich forsch rief sie ihm ein »Ha?« entgegen. Dann vergaß Egon Flieg seinen ersten Eindruck gleich wieder, denn die Hexe war in das entzückendste Lächeln ausgebrochen. »Grüß Gott, grüß Gott, ich bin die Jutta Balleis. Mei, was kann ich denn für Sie tun?«

»Ich suche eigentlich nur meinen Freund. Äh, meinen Bekannten.« Man konnte ja nie wissen. Vielleicht hielten sie einen in der Südsteiermark gleich für schwul, wenn man sich falsch ausdrückte. Jutta Balleis nickte und grinste.

»Den Herrn Wilfert, gell? Ja, der war vorher da. Er hat gar keine Schwammerlsuppe essen wollen. Wollen Sie vielleicht eine essen? Haben Sie Hunger?«

»Ach, äh, also, nein. Ich hab nämlich versprochen, dass ich ihn abhole. Aber ich war so schön spazieren, in einem Weingarten, dass ich die Zeit übersehen habe. Jetzt ist er wahrscheinlich schon vorausgegangen.«

»Das weiß ich leider auch nicht.« Jutta Balleis grinste weiter. Wilfert hätte mit seiner neugewonnenen Weisheit wahrscheinlich gesagt, sie fletschte die Zähne, aber Wilfert war nicht da. »Er hat gesagt, er muss nur kurz mit meinem Sohn reden und ich hab gesagt, er soll dann noch einmal reinkommen, wegen der Strauben. Aber das muss er vergessen haben. Gell, Ihnen kann ich die Strauben mitgeben!«

Bevor Herr Flieg sich dagegen wehren konnte, war sie schon in die Speis geeilt. Zurück kam sie mit einem großen Papiersack, aus dem es fett und zimtig duftete. Sie drückte Egon Flieg das Sackerl in die Hand und bugsierte beide zur Tür hinaus. Egon Flieg war eigentlich ganz froh, das Haus wieder verlassen zu dürfen. Oma Balleis war ihm irgendwie unheimlich.

Nach einer überaus herzlichen Verabschiedung ging er in Richtung Andreas Auto. Sehr ruhig war es hier am Hof. Er dachte sich, dass es zu dieser Zeit eigentlich geschäftiger sein müsste. Naja, vielleicht war die umtriebige Phase schon vorbei. Er setzte sich in das Auto, als ein Schatten von links kam. Egon Flieg erschrak. Er kannte ja die Mojca nicht. Sie deutete ihm, er möge das Fenster aufmachen, also tat er das.

»Nicht alles in Ordnung!«, sagte sie herrisch. »Kommen Sie! Bringen Sie Hilfe! Fahren Sie jetzt! Schnell!« Gleichzeitig warf sie ihm einen kleinen Zettel in den Schoß und verschwand dann wieder dort, wo sie wohl hergekommen war. Egon Flieg spürte das Blut in seinen Händen pochen, als er den Motor anließ. Was war denn das jetzt gewesen? Es war jedenfalls sehr aufregend. »Kommen Sie. Bringen Sie Hilfe!«, hatte sie gesagt.

Sein Instinkt sagte ihm, dass es gut sei, auf die erschreckende Frau mit dem Akzent zu hören, also fuhr er erstmal los. Den Berg hinunter, zwei Kurven, eine Gerade, da war ein kleiner Platz neben einem Wald, auf dem er kurz halten konnte. Ein großes Kreuz transportierte einen ewig hängenden Jesus durch die Zeiten, und eine Bank lud zum Verweilen ein. Komisch, dass so viele Bänke unter leidenden Jesussen aufgestellt sind, ging es Egon Flieg durch den Kopf. Er blieb stehen und entfaltete den Zettel, ohne auszusteigen.

»Willfat alter Keller«, stand da. Und plötzlich machte sich Egon Flieg große Sorgen um seinen Freund. Er beschloss, genau das zu machen, was die erschreckende Frau ihm gesagt hatte: Hilfe zu holen.

Die tausendjährige Dämmerung

Im Keller riecht es nach Schwefel und Schimmel. Im Keller riecht es nach Schwammerl und Schmalz. Im Keller riecht es nach Schlaftabletten und Schafgarbe. Im Keller riecht es nach Schamhaaren und Schießpulver. Jetzt fiel ihm beim besten Willen nichts mehr ein. Also weiter mit T. Im Keller riecht es nach Teer und Tannenharz. Im Keller riecht es nach Teebaumöl und Terpentin.

So vertrieb sich Wilfert die Zeit im Keller, um nicht verrückt zu werden. Die Kerze flackerte immer noch und brannte. Das beruhigte ihn auf der einen Seite, auf der anderen Seite machte es ihn ganz kirre. Wie konnte das sein, dass die Kerze brannte und brannte und brannte? Wie konnte es vor allem sein, dass sie flackerte?

Er hatte zwei Drittel des Alphabets durchdekliniert und die Flamme ließ nicht nach. Nicht, dass er da so scharf drauf gewesen wäre. Aber wenn die Flamme flackerte, hieß das, dass da irgendwo Luft reinkam. Und wo Luft reinkam, konnte er hinaus. Er konnte aber nicht hinaus, weil er gefesselt war, an Armen und Beinen. Wilfert hatte echt eine Scheißangst, aber seine erste Angst, nämlich, dass die Flamme sofort erlöschen würde, die war jetzt ersetzt worden durch die Angst, die Kerze würde abbrennen. Dann würde er im Stockdunklen sitzen, ohne ein Geräusch, ohne jeden Sinnesreiz, außer dem Trommeln seiner hämmernden Blutgefäße. Das Nächste war, dass er bald einmal aufs Klo musste. Der Kaffee machte sich bemerkbar.

Egon Flieg musste feststellen, dass, wenn etwas ernst war, nicht alles so am Schnürchen lief, wie sagen wir zum Beispiel in einem Kinofilm mit Bruce Willis. Wenn Bruce Willis ruft, wissen immer alle, was zu tun ist. Sie hören auf ihn. Auf Herrn Flieg hörte niemand.

Andrea dachte zuerst, der Zettel, die Geschichte, der verschwundene Wilfert – das alles zusammen sei ein schlechter Scherz. Ausgedacht vom schlechten Wilfert, um ihre zugegeben schlechte Laune zu bessern. Als sie sich endlich doch ein wenig von den Schweißperlen auf Egon Fliegs Oberlippe beeindrucken ließ, und von seinem Hundeblick, musste sie erst jemanden finden, der ihr auf die Schnelle das Gulasch servierte: Jana kochte, und gleichzeitig servieren konnte sie nicht. Andreas Tochter hatte heute frei. Gegen eine saftige Aufzahlung erklärte sie sich zwar bereit einzuspringen, musste aber auch erst aus Landscha anreisen. Landscha war zwar nicht die Welt, aber alles in allem dauerte es dann doch ungefähr fünfzig Minuten, bis die immer noch nicht ganz überzeugte Andrea zu Herrn Flieg ins Auto stieg und dann wieder ausstieg, um ihm zu zeigen, wo der Bartl den Most holt, so drückte sie es zumindest aus. In Wahrheit winkte sie ihn auf den Beifahrersitz, ließ den Motor an und stellte ihn dann noch einmal ab. »Hol Amalie«, sagte sie.

»Was?«, rief Herr Flieg. Er war jetzt wirklich schon sehr in Sorge.

»Hol Amalie. Wer weiß, vielleicht können wir sie brauchen.«

Herr Flieg sah, dass es keinen Zweck hatte, mit Andrea zu diskutieren (etwas, was jeder sehr schnell einsah, der es mit Andrea zu tun hatte).

Sieben Minuten später waren sie am Parkplatz der Balleis. Jutta Balleis, die am Küchenfenster gestanden war, seufzte entnervt und kippte den restlichen Schnaps in die Abwasch. Mojca, die ihr Zimmer über dem Verkostungskeller hatte und am Zimmerfenster gestanden war, seufzte erleichtert.

In Wahrheit ist alles ganz einfach

In Wahrheit war alles ganz einfach.

Wenn Andrea nicht Jutta Balleis in ihre Schranken verwiesen hätte, als diese Herrn Flieg und sie vom Hof vertreiben wollte (»Mei, heut hab ich aber wirklich keine Zeit mehr für euch, ich muss schließlich was arbeiten!«), dann hätte die Mojca sich wahrscheinlich von sich aus ein Herz genommen. Sie war es ja schließlich gewesen, die die Tür des alten Kellers wieder entriegelt und nur ein ganz kleines Spürchen aufgemacht hatte.

Wenn Andrea nicht Amalie auf ihren Arm gesetzt und auf sich und Herrn Flieg gedeutet und dann mit ihrer anderen Hand drei Finger in die Höhe gestreckt hätte… – aber da hatte Amalie schon lange gewusst, worum es ging. Diese Taube war ein Bluthund. Sonst wäre vielleicht Wolf Balleis, der zwar kein guter Mensch war, aber doch niemals auf den Gedanken gekommen wäre, irgendjemanden umzubringen, nur um weiterhin seinen Wein zu verkaufen (oder doch? Man weiß es nicht), und gerade in diesem Moment in seinem roten Lamborghini mit weitaus mehr als den erlaubten vier Stangen Zigaretten auf den Hof fuhr, eingesprungen und hätte auf das Bitten und Flehen Herrn Fliegs reagiert. Andrea hielt sich bloß zurück. So aber liefen alle, denn auch Mojca hielt es, als Wolf Balleis kam, nicht mehr an ihrem Fensterplatz, zu Amalie, die ruckediruckend vor dem alten Keller saß. Wolf Balleis ging als erster voran und rief: »Hallo?«

»Hallo!« schrie Wilfert zurück. Er war seit gefühlten tausend Nächten hier drinnen und Tage hatte es kaum gegeben. Andrea fiel fast über die Stufen, als sie zu ihrem Liebsten rannte. Sie stammelte und küsste ihn und streichelte ihn und weinte ein bisschen. Vor lauter Liebe zerdrückte sie ihm die Brille, aber das war jetzt wirklich nicht weiter wichtig. Egon Flieg zog ein Schweizermesser aus Wilferts Hose und befreite ihn von der Wäscheleine. Gemeinsam torkelten sie ans Tageslicht. Mojca lächelte, Wolf Balleis schwieg und kannte sich nicht aus. Draußen war es so hell. Trotzdem stand da unübersehbar: Jutta Balleis. Und das Problem war: Sie weinte auch.

Jutta Balleis hat das alles nicht gewollt

Jutta Balleis hatte das alles so nicht gewollt. Das versuchte sie vor allem ihrem Sohn zu erklären. Der ließ sich weder von den versprochenen Buchteln beeindrucken noch vom Versprechen, dass so etwas nie wieder vorkommen würde.

»Mei, wenn das dein Papa wüsste!«, jammerte sie, als Wolf Balleis schließlich das Handy aus der Hose zog und die Spielfelder Grenzpolizei anrief.

Als sie eine halbe Stunde später wieder mit Oma Balleis davonfuhren, kommentierte Wolf Balleis: »Irgendwie versteh ich sie ja. Aber so geht das halt nicht.«

Alles wird gut unterm Nussbaum

Ilonka war immer noch wahnsinnig verliebt in die algerische Thekenkraft namens Maruan. Die Schwangerschaft wirkte sich zusätzlich besänftigend auf ihr Gemüt aus. Auf den Vorschlag, sich gemeinsam ein kleines Häuschen im Südburgenland anzumieten, das alle gemeinsam beziehungsweise abwechselnd zur freien Rekreation nutzen könnten, stieg sie, nach Rücksprache mit dem offensichtlich begeisterten Maruan, freudig ein. So kam es, dass Wilfert, Andrea, Herr Flieg, Amalie, Ilonka, Maruan und die Söhne zusammen ein Kellerstöckel mit einem kleinen verwunschenen Weingarten im burgenländischen Weinbaugebiet nahe an der Grenze zu Ungarn anmieteten, in dem sie in manchen lauen Sommernächten sogar zusammen ausharrten.

Ganz kurz hatten Andrea und Wilfert mit einem Kellerstöckel in der Südsteiermark geliebäugelt, aber irgendwie hatten sie von den Leuten dort dann doch die Nase voll. Und man konnte ja niemals wissen, ob nicht einer der Nachbarn einem ein Genussregal in die Aussicht baute. Das Südburgenland schien die Dinge da noch ein bisschen gelassener anzugehen.

Wenn alle zusammen anreisten, stellten sie Zelte zwischen den Rebzeilen auf und schliefen dann erst recht unter freiem Himmel. Die Trauben wurden gegessen und nie gegärt. Der Wein ging trotzdem nie aus. Nur Annegret blieb allein in ihrem großen Haus, aber so würde sie das zum Glück selbst nie sehen. Wilfert begann, Kolumnen für ein Südburgenlandmagazin zu schreiben, und Andrea ritt weiter auf der Welle ihres Erfolgsgulaschs. Sie hatte das Gasthaus Gloitzsch in Spielfeld verkauft und kochte jetzt beim Kirchenwirt in Eberau. Herr Flieg ließ die Dominikanerwitwen und Grausastrilde und überhaupt alle Vögel frei.

Auch Amalie ließ er frei, aber sie blieb bei ihm. Es war überhaupt alles ganz großartig.

Inhaltsverzeichnis

Andrea Stift in der edition keiper

Elfriede Jelinek spielt Gameboy

208 Seiten, broschiert
ISBN 978-3-9503337-5-6
EUR 16,50 (A), 16,05 (D)
edition keiper 2012

Foto: Claudia Burr

Andrea Stift wurde 1976 in Spielfeld geboren. Seit dem Studium (Germanistik und Sprachwissenschaft) lebt sie als freie Schriftstellerin mit ihrer Familie in Graz und Wien. Stift schreibt für verschiedene Magazine, Tageszeitungen und Literaturzeitschriften, von 2005 bis 2012 war sie Redaktionsmitglied der Literaturzeitschrift manuskripte. Übersetzungen ihrer Kurzprosa gibt es ins Englische, Französische, Slowenische, Spanische, Estnische, Niederländische und Serbische. Stift erhielt zahlreiche Auszeichnungen und Stipendien, zuletzt den Theodor-Körner-Preis für Wissenschaft und Kultur (2012), ein Reisestipendium des bm:ukk (2013) und den rotahorn-Preis (2013).

www.andreastift.at